「ほわあ……」
ニコさんは感嘆の声を上げた。
「い、異世界！
ほら異世界なんだよ、晴夏くん！
私たち、異世界にやって来た！」
元世界最強な公務員
2
帰還勇者、新人冒険者と一緒に異世界を再訪することになりました

「あ、あの、すみません、聞いて下さい！」
リオネラと隊長たちが集って打ち合わせをしている中、マリナは勇気を出して声を上げた。
「わ、わたし、実は――勇者ノイン様を知っているんです！」

皆の視線が集まるのを感じる。
お腹の奥から息の詰まるような緊張感がせり上がってくる。
我ながら、よくこんな恐ろしいまでの
デタラメが口にできるものだ、と思った。

エウフェミア

異世界の小国の王女。晴夏の担当する新人冒険者。物腰は上品で丁寧。整った顔にいつも優しい微笑みを浮かべている。なので気付かれにくいが、実は生粋の戦闘狂で命のやり取り大好き。

九《く》住《すみ》晴《はる》夏《か》

勇者として異世界を救い、日本に帰還。その後、正体を隠して冒険者ギルド日本支部の平職員となり、異世界からやってきた冒険者たちの案内役を務める。どうにか勇者の責務をまっとうしたので、今後は平凡で平穏な人生を送ることが望み。

マリナ

エウフェミアのパーティーメンバー。晴夏の担当する新人冒険者。田舎町の出身で、かなりの大柄。外見からは想像できないが実はまだ 12 歳で、貧しい家族を養うため 16 歳と偽って冒険者をしている。

リュリ

エウフェミアのパーティーメンバー。晴夏の担当する新人冒険者。貧民街の孤児院出身で、底辺から這い上がるために冒険者を選んだ。向上心が強く、自分にも他人にも厳しい。言いたいことははっきり言う。

元世界最強な公務員

2.帰還勇者、新人冒険者と一緒に異世界を再訪することになりました

すえばしけん

HJ文庫
1083

口絵・本文イラスト　キッカイキ

陣郷市市役所

プロローグ

「……『螺旋行路《スパイラル・パス》』を抜《ぬ》けると、そこは異世界だった」

そう言って、ニコさんはがしっと俺《おれ》の袖《そで》を掴《つか》んだ。

「い、異世界！　ほら異世界なんだよ、晴夏《はるか》くん！　私たち、異世界にやって来た！」

「そっすね」

「異世界ラグナ・ディーン！　剣《けん》と魔《ま》法《ほう》！　夢と希望とロマン溢《あふ》れる未知の世界！」

「その台詞《せりふ》、以前にも聞きました。――てか、二回目でしょ？　なんでそんなにはしゃげるんですか」

「二度や三度じゃ、この感動は色褪《いろあ》せないんだよ。ああ、やっぱりいいなあ、この風景！　この空気！」

思い切り両腕《りょううで》を広げ深呼吸をするこの女性は、五十鈴《いすず》笑子《にこ》。通称《つうしょう》ニコさん。

小柄《こがら》で女子高生と見紛《みまが》うような童顔だが、陣郷《じんごう》市冒険者《ぼうけんしゃ》ギルドのギルド長。俺の上司でもある。

俺たちは今、日本から『螺旋行路《スパイラル・パス》』と呼ばれる迷宮《めいきゅう》を通り抜け、異世界へとやってきたところだ。

日本とここラグナ・ディーンが繋《つな》がってそこそこ年月が経《た》つが、資格や諸々《もろもろ》の手続きが必要なため、行き来できる人間はさほど多くない。

俺とニコさんも『冒険者ギルド職員』としてこちらに来るのは、二度目になる。

一度目と違《ちが》うのは――同行者として三人の少女がいること。

「前回はわたしたちをスカウトしに来たときですねえ。もう半年ほどは経つでしょうか」

のんびりおっとりとした金髪《きんぱつ》の少女がエウフェミア。

「ニコの反応、あたしは理解できるわよ。あたしたちも今はニホンで生活してるけど、いまだに毎日異世界の新鮮《しんせん》さを味わってるもの。驚《おどろ》くことがいっぱい」

赤毛で猫耳《ねこみみ》、きびきびとした口調の少女がリュリ。

「で、でも、そんなふうに喜んでもらえると、何だか嬉《うれ》しいです。ここは私たちの大切な故郷ですから！」

一番大柄《おおがら》ながら、少し内気そうな少女がマリナ。

三人は陣郷市冒険者ギルドに所属する冒険者パーティである。

──ラグナ・ディーンには、かつてナーヴと呼ばれる竜《りゅう》がいた。

竜種たちを率いてラグナ・ディーンを蹂躙《じゅうりん》し、人々を恐怖《きょうふ》のどん底へと叩《たた》き込《こ》んだ強大な邪竜《じゃりゅう》である。

人類を相手に圧勝を重ねたナーヴは、やがて他の並行世界にも版図を広げるため異界への路を開いた。

これが七年前の『大接続』──日本とラグナ・ディーンが繋がることになった天変地異の原因だと伝えられている。

その後、ナーヴはノインという少年によって討伐《とうばつ》され、世界は平和を取り戻《もど》した。

邪竜退治の物語は伝説として語《かた》り継《つ》がれ、『勇者』の称号《しょうごう》を与《あた》えられたノインはラグナ・ディーン全土で崇敬《すうけい》の対象となった。

二世界を結ぶ迷宮通路は『螺旋行路《スパイラル・パス》』と名付けられ、管理と整備が進められた。

以来、両世界間の交流は続いている。

もっとも常に順風満帆《じゅんぷうまんぱん》だったわけではない。

日本側にとっては、異世界から入り込んできた生物、特に凶暴種《モンスター》と呼ばれるものが大きな問題となっていた。

幸か不幸か、ラグナ・ディーンにはこういう仕事にうってつけの人員が存在する。

ギルドから依頼《いらい》を受けモンスター退治を引き受ける、冒険者と呼ばれる者たちだ。

日本政府は冒険者の招聘《しょうへい》を決定、その受け入れ先として日本各地に冒険者ギルドを設立した。

おかげで二〇歳《さい》無職という底辺ステータスだった俺も、ギルド職員という仕事を得ることができた。

『大接続』に巻き込まれてからの一時期、異世界で暮らしていたという経歴が生きたようで、現在は異世界からやってきた冒険者のお世話係を務めている。

非正規ではあるが公務員！　待望の安定した生活！

しかし……俺には一つ隠《かく》し事《ごと》があった。

発覚すれば現在の平穏《へいおん》が失われるのは確実な、重要な秘密。

それは――


小さな山の中腹に開いた迷宮出口から皆《みな》でふもと目指して下っていると、エウフェミアがついと傍《そば》に寄ってきた。

「ラグナ・ディーンの景色はいかがです？　勇者様」

そう囁《ささや》く。

「懐《なつ》かしい？　それとも見るのも嫌《いや》な気分？」

「懐かしくはねえな。どちらかというと――ってかミア、勇者様は止《や》めろ」

「ダメですか」

「ダメだ。他の人間に聞かれたらまずい」

「大丈夫《だいじょうぶ》、聞こえませんよ」

リュリとマリナはテンションを上げて足を速めるニコさんに付き添《そ》い、かなり先を歩いている。

「わたしとハルカさんだけの秘密ですものね。心得ております」

エウフェミアはクスクスと笑った。

九住《くずみ》晴夏。またの名を勇者ノイン。

一三のとき『大接続』により日本からラグナ・ディーンへ飛ばされ、聖剣《せいけん》《ユニベル》と出会い、数年に渡《わた》る波乱万丈《はらんばんじょう》な冒険《ぼうけん》の末、邪竜ナーヴを退治した伝説の存在。

――それが俺だ。

「そもそも『勇者』なんて称号自体、勘弁《かんべん》してくれって気分になるんだよ。あの時期、ろくな思い出がないからな。この風景を懐かしむ気分にはなれないのも同じ理由。……とはいえ、まあ別にラグナ・ディーン自体が嫌《きら》いってわけじゃないけどな」

「それはよかった。マリナさんじゃないですけど、やっぱり故郷が嫌われていたら悲しいですからね」

「意外だな。郷土愛とか持ち合わせてるタイプだったのか、お前」

「もちろんですよ。美しい景色、雄大《ゆうだい》な自然、そして……何より力強くて凶暴で殺し甲斐《がい》のある多種多様なモンスターたち！」

エウフェミアはうっとりした目で、上品な外見に似つかわしくない台詞を吐《は》いた。

いや外見だけではなく実際に高貴な家柄《いえがら》のお姫様《ひめさま》のはずなんだが……なんでこんな感性に育っちゃったんだろうな。

「そういえば——この旅行中も、いつもみたいに稽古《けいこ》付けてもらえます？」

勇者であるという俺の秘密を知っているのは、今のところこいつくらいだ。

口外しないと誓約《せいやく》させる代償《だいしょう》として、俺はときどきこの戦闘狂《せんとうきょう》の相手を務めることになっている。

「……お前の相手、疲《つか》れるんだよ」

「手こずらせるくらい力が付いたっていうことですか？」

「精神的にって意味だ」

実力的には俺の方がまだまだ上だが、ひとたび戦うとなると狂戦士化《きょう》するというか……笑顔《えがお》のまま力一杯《ちからいっぱい》襲《おそ》いかかってくるから、気が抜けない。

正式に冒険者登録してからまだ日が浅いため現在はD級に留《とど》まっているものの、単純な強さで言えばA級冒険者に混ざってもトップレベルに近いだろう。

「何より、ニコさんたちもずっと一緒《いっしょ》だからな。俺の力がバレるのは困る」

異世界で過ごした経験はあれど、戦闘力《せんとうりょく》はない一般人《いっぱんじん》ということになっているのだ。

「バレない状況《じょうきょう》ならいいんですね？　……あまりお預けが続くと、わたし、色々溜《た》まってしまって我慢《がまん》できなくなるかも」

「いつも言ってるけど、日本でまともに生活していくつもりなら、穏便《おんびん》な思考と振《ふ》る舞《ま》いも身につけろよ？」

「わかっていますとも。ですから、たまにはお相手を」

ね？　と可愛《かわい》らしく首をかしげるエウフェミア。

「……考慮《こうりょ》する」

俺はため息をついた。

――さて、すでに述べた通り、本来俺たちの活動拠点《きょてん》は日本なのだが、なぜラグナ・ディーンにやってくることになったのか。

話は少し遡《さかのぼ》る。

一章　再び異世界へ

――陣郷《じんごう》市市役所内、冒険者ギルドに与えられた一室。

「さあ、みんなで異世界出張ですよ！　準備しましょう‼」

部屋に入ってくるなり、ニコさんは満面の笑《え》みでそう宣言した。

俺たちは顔を見合わせた。

「あの……それじゃわかんないんで、もうちょっと補足してもらっていいすか？」

「あ、ごめんね、ちょっと浮《う》かれちゃって」

ニコさんは頭をかいて説明を始めた。

「このところ両世界を行き来する人が増えてきたじゃない？　『螺旋行路《スパイラル・パス》』の整備も進んだし、世界を渡る許可も少しずつ下りやすくなってるし」

今後この傾向《けいこう》は加速し、往来する人数はますます増加することが予想される。

まずは旅行などの短期滞在《たいざい》から始まって、やがては長期にわたって常駐《じょうちゅう》したり移り住んだりする者も出てくるだろう。

政府としてはそれに備えて、さらにデータを集めておきたいということらしい。

「つまり、俺たちに視察してこいってことですか？」

「うん！」

ちょっとした旅行を想定して、向こうの街を何か所か回る。その際に感じたことや浮かび上がった問題点をレポートにして提出せよ。

そういうことらしい。

「それはわかりましたけど……政府の案件ですよね？　なんでそんな重要な仕事を、地方の役所にすぎないうちが？」

「もちろん、私が手を上げたからだよ。またラグナ・ディーンに行きたいし」

それは言われなくてもわかる。

しかし、異世界に行きたがっているのはニコさんだけではなく、他の団体、あるいは個人も立候補したことは想像に難《かた》くない。

「ああ、なんで候補の中から私たちが選ばれたのかって話なら……ミアちゃんたち三人との関係が良好だと評価されたのが大きかったみたいね」

「あ、そっか。『みんなで』ってことは、私たちも一緒なんですね？」

マリナが言った。

「護衛は必要だろうし、同行するのは全然構わないんだけど……」

リュリが首をかしげる。

「その間こっちの仕事はどうするの？」

「モンスターたちはお休みしてくれないですからね」

と、ミア。

「留守の間は、近隣《きんりん》のギルドが見てくれるって。特にほら、隅戸部《すみとべ》ギルドはこの間の一件でずいぶんとうちに恩義を感じてくれているらしいし」

隅戸部ギルドというのは『螺旋行路《スパイラル・パス》』の日本側出入り口周辺を担当する、国内最大クラスの冒険者ギルドだ。

先日、ラグナ・ディーンからやってきたテロリストの標的にされ、機能不全に陥《おちい》ったところを俺たちがフォローしたという経緯《けいい》がある。

事件は無事解決しエウフェミアたちの評価も上がったので、結果的には丸く収まったと言えるだろう。

――ただ。

一連の出来事は俺の心にトゲが刺《さ》さったような引っかかりを残していったのだが……それはまた別の話か。

「前に私と晴夏《はるか》くんが行ったのは、あちら側の迷宮出口付近にある冒険者ギルドまでだったよね」

エウフェミアたち三人の採用面接をやったときだ。

「今回はもっと遠くまで足を延《の》ばすことになるよ。主だった街をいくつか回り、余裕《よゆう》があればデムテウス帝国《ていこく》の帝都《ていと》までね」

なるほど、旅行の想定ならそんな感じだな。

「はあ、了解《りょうかい》。準備しておきまーす……」

「……晴夏くん、なんだか反応薄《うす》いなあ。あちらの街道《かいどう》を旅したり宿に泊《と》まったりするんだよ？　ワクワクしないの？」

「と言われても……俺はあっちの暮らしが長かったですし」

ああ、でも邪竜どもに蹂躙されていた頃《ころ》しか知らないから、どの程度復興が進んでいるかは、少し見てみたい気もするな。

――勇者ノインは『その後』のことをほとんど眼中に入れず、日本へと戻って来てしまったから。

「そっか……私たちも久しぶりに帰れるんですね」

「休暇《きゅうか》じゃなくて仕事で行くのよ、マリナ。区別はつけなさいね」

「う……は、はい……」

リュリに釘《くぎ》を刺され、たちまちマリナはしおれてしまった。

「いやでも、ガチガチの真面目《まじめ》な任務ってわけでもないんだろ？　要はちゃんと旅行楽しめるかどうか、確かめてこいってことなんだし」

「そうだね。もし都合が合えば、ご家族や友人に会いに行っても構わないよー」

「いいんですか⁉」

マリナの顔がぱっと明るくなった。

「ミアちゃんとリュリちゃんはどう？　行きたい街とか場所とかあれば、計画書に組《く》み込んでおくけど」

「あたしは別に」

「えーと、わたしも特には。『螺旋行路《スパイラル・パス》』から帝都方面に向かうコースだと、実家からはかなり外れていますからね。またの機会にします」

「そういやあんた、レオニ公国の公女だっけ。――冒険者やるなんて、奇特《きとく》なお姫様も居たもんよね」

「何事も経験です」

とエウフェミア。

「でも、今回のお仕事はちょっと楽しみですよ。つまり、わたしたちがガイド役を務めるということですね？」

「私も楽しみです！　ニコさんとハルカさんに気に入ってもらえるよう、頑張《がんば》ってラグナ・ディーンをご案内しますね！」

みんな割と乗り気なんだな。

まあ……俺にとっても悪くない話だった。

いずれにしても、近いうちにあちらの世界へ行くつもりだった——いや、行かなければならなかったからだ。

そんなわけで、俺たちはラグナ・ディーンに到着《とうちゃく》した。

『螺旋行路《スパイラル・パス》』の出口から山を下りたところにある冒険者ギルドが税関や入国管理のような役割を務めており、そこで迷宮を管理しているデムテウス帝国の役人、兵士立ち会いのもと、身分や許可証の確認《かくにん》など諸々の手続きを済ませる。

一応俺たちはニホンからの重要な客人ということになるので、道中は馬車移動、帝国軍の兵士たちも護衛に付いてくれることになっていた。

護衛隊責任者の無愛想さに少々不快感を覚えつつも挨拶《あいさつ》を済ませ、出発までしばらく待つことになる。

と、そのときだった。

「おや？　陣郷市ギルドの皆さんじゃないですか」

「奇遇《きぐう》ね。こちらに来るとは聞いていたけれども、同じ日だったんだ」

声の方を見ると、見覚えのある二人の姿があった。

爽《さわ》やかイケメンと、勝ち気そうな美人。

「えっと……フェリクスさんと、グレーテさん？」

「――いや、ご一緒できるとは助かりました」

「ありがとねー」

二人は機嫌《きげん》よさそうに言った。

途中《とちゅう》まで一緒の方角らしく、馬車の定員にも余裕があったので、しばらく同道することになったのだ。

フェリクスとグレーテは、俺たちのご近所、隅戸部ギルドに所属するA級冒険者だ。

日本ではもちろん、ラグナ・ディーン全土を含《ふく》めてもトップクラスの腕利《うでき》きである。

特にフェリクスは実力、人格ともに申し分なく、勇者ノインの後継者《こうけいしゃ》に相応《ふさわ》しいとまで言われている。

マスコミへの露出《ろしゅつ》が多く、日本でも人気が高い。

同行者が二名追加されたことについて、護衛隊は渋《しぶ》い顔をするかなと思ったのだが、むしろ歓迎《かんげい》しているようだった。

道中の戦力になるのはもちろんだし、むしろあの有名なフェリクスさんとご一緒できるのは光栄だ、とのこと。

これだけ好かれていれば人生楽しいだろうなー、なんてことを僻《ひが》み混じりに考える。

しかも不当な評価だと思えないところが更《さら》にずるい。完璧超人《かんぺきちょうじん》め。

「お二人はどちらへいらっしゃるんですか？」

ニコさんが尋《たず》ねた。

「まず帝都へ向かう予定ですよ」

「ということは、お二人とも帝都の生まれ？」

「いえ、帝都にはちょっと用が――というか、呼び出しがかかってましてね。故郷に戻るのはその後です」

「同郷の出身ではあるけど、もっともっと田舎《いなか》の小さな村ね。冒険者になるため、二人で飛び出してきたの」

「ずっと組んでるから、ずいぶんと長い付き合いになるね」

「とすると――」

エウフェミアが口を挟《はさ》んだ。

「あのエルフのお二人とは、その後でお知り合いに？」

「……ああ、そうだね」

「ち、ちょっと、ミアさん、その話題は……」

マリナが慌《あわ》てたようにエウフェミアの袖を引いた。

「ああ、失礼いたしました。触《ふ》れない方がよろしかったですか？」

「いや、構わないよ」

フェリクスは少し苦い笑みを浮かべる。

「むしろ避《さ》けるべきじゃないだろうね。迷惑《めいわく》を掛《か》けたのはこちらの方だし、特に人質《ひとじち》にされたハルカさんには重ね重ね申し訳ないことをした」

「いえ、謝罪はすでにもらってますし、そもそもあなたが謝《あやま》る必要も無いことすよ」

少し前のこと、ラグナ・ディーンの反帝国主義者――現代日本風に言えばテロリストが日本に入り込み、一時『螺旋行路《スパイラル・パス》』の出入り口を占拠《せんきょ》するという事件があった。

その犯人は、フェリクス、グレーテとパーティを組んでいた冒険者だったのだ。

もっともフェリクスたち自身は事件に無関係であり、むしろ事態の収拾《しゅうしゅう》に尽力《じんりょく》した立場であるが。

「ああ、もしかして、帝都への呼び出しというのはその件で？」

とニコさん。

「内容は聞いていないですが、その可能性は高いかと。まあ、正直なところ、事情聴取《ちょうしゅ》と降格くらいは覚悟《かくご》してました。今回の出頭は皇帝《こうてい》陛下直々のご命令だそうですから、もっとおおごとになるかもしれません」

皇帝、と聞いて俺は思わず顔をしかめた。

あの男にはあまりいい印象はない。

「そうですね……いきなり捕《つか》まって牢屋《ろうや》に放《ほう》り込まれたり、もしかしたら首を――」

「フェリクス、笑えない冗談《じょうだん》禁止。ニコが困ってるでしょ」

グレーテがたしなめ、フェリクスはあははと力なく笑う。

「にしても、理不尽《りふじん》な話よね。あんたたちも功労者なのに」

リュリはため息をついた。

「そう評価してもらえるのは嬉しいけど、僕《ぼく》たちは最後の最後に出てきただけで、大したことはしてないよ。それに……未然に止める方法も絶対にあったはずなんだ。責任がないとは言えない」

本人のなかではそう簡単に割り切れる問題でもないのだろう。

そのとき——不意に馬車が停止した。

「あれ？　何かあったのかな？」

「みたいですね。ちょっと聞いてきます」

ニコさんにそう伝え、俺は扉《とびら》を開けて近くの兵士に声をかけた。

「すいません。何が——」

「しゃしゃり出てくんな！　すっ込んでろ！」

罵声《ばせい》と舌打ちが返ってきて、思わず首をすくめる。

「……ったく、なんでこんな奴《やつ》らを守らないといけねぇんだ」

薄々《うすうす》そうじゃないかとは感じていたが、兵士たちの中には俺たちを疎《うと》ましく思ってる奴も少なくないようだ。

見た目がそこまで変わらなくとも、文化や価値観にはかなりの隔《へだ》たりがある。

もしかしたら、かつて日本からやってきた客人に許しがたい振る舞いや、心ない言葉を受けたのかもしれない。

そうでなくとも日本との交流は彼《かれ》らの生活をも大きく変えてしまったはずだし、以前よりも負担が増えているのは確かだろう。

　全員が全員日本人嫌《ぎら》いってこともないだろうが、異邦人《いほうじん》が歓迎されないこと自体は、まあ当然かな。

　話を聞くのを諦《あきら》め、俺は前方に視線を向けた。

　護衛兵たちの隊列が乱れており、怒鳴《どな》り声が聞こえてくる。

（モンスター……あれはシルバーウルフかな。群れだとちょっと厄介《やっかい》かも）

　昔、こちらを旅しているときに襲《おそ》われたことがある。数が多いうえに獰猛《どうもう》でまったく引かないから、ウンザリさせられた。

　たてがみの銀色が特徴的《とくちょうてき》で、姿形は俺たちの世界のオオカミと似ている。

　ただし牙《きば》はより大きく鋭《するど》い。

　日本でオオカミと戦った経験はないから戦闘《せんとう》能力は比較《ひかく》不可能だが、少なくとも野犬の群れなどよりははるかに危険だろう。

　俺は馬車の中に戻った。

「シルバーウルフの群れですね。少し手こずっているようです」

「あ、じゃあ――」

　戦闘大好きなエウフェミアが腰《こし》を浮かせたが、フェリクスはそれを制した。

「いや、僕たちが片付けよう。君たち三人の役目は、ニホンの客人の護衛だからね。この場で二人を護《まも》ってあげるといい。──グレーテ」

「はいはい、言われなくても行くわよ」

二人は連れだって馬車の外に出て行った。

「……出番を横取りされたような気分です」

珍《めずら》しくエウフェミアが不満そうに言った。

「二人だけで平気かな……？」

ニコさんは馬車の前方に視線を向ける。

群れをなすモンスターは、当然ながらその数によって討伐難易度が大きく変わる。

「この規模の群れなら……通常ならB級冒険者六人パーティあたりの仕事ですかね。四、五人パーティ、あるいはC級冒険者が混ざっていても討伐可能だとは思いますけど、リスクがかなり高くなります」

「く、詳《くわ》しいんですね、ハルカさん」

マリナが感心したように言った。

怪訝《けげん》そうにリュリが続ける。

「そうね。シルバーウルフって生息領域が狭《せま》いからそんなに見ないし、ニホンでは確認もされてないはずだけど、どこで知ったの？」

「……こっちに居たとき、たまたま見かけたことがあったんだ」

危ねぇ……ボロを出しかけた。

俺は内心で冷《ひ》や汗《あせ》をかいていた。

忘れるな。こいつらにとっての俺は、戦闘経験なんてない一般人なんだ。

「とにかく。二人パーティではありますけど、フェリクスさんとグレーテさんはＡ級でもトップクラスのはずだから、大きな問題にはならないかと」

「まあ、あたしたちがＡ級の心配してあげるなんて、おこがましいってもんだしね。それより……シルバーウルフって知恵《ちえ》も回るし鼻も利《き》くのよね」

リュリはゆっくりと立ち上がった。

ああ、フェリクスとグレーテを迂回《うかい》して、この馬車に狙《ねら》いを定めた個体がいるな。何匹《なんびき》かこっちに回ってきそうだ。

「マリナとあたしは馬車の右手側、ミアは一人で左手側」

簡潔に指示を出すリュリ。

他の二人がＤ級冒険者であるのに対し、彼女《かのじょ》はＣ級に認定《にんてい》されている。

個人での強さはエウフェミアに及《およ》ばないが、経験は上。

エウフェミアがあまりチームプレイを得意としていないので、基本的に指揮はリュリが執《と》る。つまり実質的なこのパーティのリーダーだな。

「わ、わかりました！」

「えっと……わたしが一人で両方受け持つというプランはありませんか？」

「ない。マリナにも経験積ませて鍛《きた》え上げないといけないから。――ほら、二人とも神具出して。さっくり片付けるわよ」

気をつけてね、というニコさんの声に送られ、三人は外に出て行った。

俺の見立てでは、シルバーウルフの数匹《すうひき》程度なら問題にならない。

日本だとまだ子供扱《あつか》いされる年齢《ねんれい》だが、エウフェミアもリュリも十分に信頼《しんらい》できるだけの戦闘能力を有している。

マリナは……まあ、不安がないわけではないが、それでも年齢と経験を考えれば立派なものだろう。

（とはいえ……思ったより多いな）

十匹《ぴき》程度は居るだろうか。かなり大きな群れだったようだ。

「だ、大丈夫かなあ、三人とも。日本だとこんなにたくさんのモンスターに囲まれたことなかったけど……」

「大丈夫ですよ。あいつらもあれで神具に選ばれた存在ですから」

神具――その名の通り神から与えられたとされる武具。

剣、槍《やり》、短刀、斧《おの》、杖《つえ》などその形状は様々。神具一つにつき適合者一人しか扱えないという制約はあるが、いずれも性能は一般《いっぱん》の武器を大きく上回り、かつ適合者に様々な恩恵《おんけい》をもたらす。

筋力や反射速度の向上は基本。さらに魔法や奇跡《きせき》のような現象を引き起こせるものも存在するといわれている。

エウフェミアの大鎌《おおがま》《慈悲なき収穫者《グリムリーパー》》。魂言《アニマ》は〝奪《うばう》〟。

リュリの双剣《そうけん》《銀の双翼《そうよく》》。魂言《アニマ》は〝翔《かける》〟。

マリナの大剣《青嵐《せいらん》》。魂言《アニマ》は〝断《たつ》〟。

いずれもかなりランクの高い神具だ。

俺は小窓の外に目を遣《や》った。

エウフェミアはほっといていいだろう。リュリも問題ない。

危なっかしいのは、やはりマリナかな。

素質は十分だが、経験不足と本人の引っ込み思案《じあん》な気性《きしょう》が足を引っ張ることがある。

具体的には動揺《どうよう》して精神的な余裕を失うことが多い。

気持ちの問題を克服《こくふく》できれば、もうちょっとやれるはずなんだが。

（……今も目の前の敵でいっぱいいっぱいになって、死角から忍《しの》び寄って来てるのに気付いてないしなあ）

近くでリュリがフォローしてるし、飛びかかられてから反応しても何とかなるとは思うけど……ま、念のため軽くサポートしとくか。

先ほど拾い上げてポケットに忍ばせておいた小石を取り出し、ニコさんに気付かれないよう親指で弾《はじ》いた。

指弾《しだん》はマリナを背後から狙ってたシルバーウルフの眼球を正確に打ち抜き、絶命させる。

その後は特に俺が手を貸す必要もなく、戦闘は終結した。

フェリクスとグレーテも馬車に戻ってきて、一行は再び街道を進み出した。

「あなたたちもしっかり対処できたみたいね。やるじゃない」

「えへへ……どうにか役目を果たせて、ほっとしました」

グレーテに褒《ほ》められて、マリナは照れたように笑った。

A級の二人の話によると、前方で先に行商人の馬車がシルバーウルフに襲われており、そこに俺たち一行が行き合わせたということだったらしい。

フェリクスとグレーテはあっさりとシルバーウルフの群れを蹴散《けち》らし、そのまま行商人たちを救出した。護衛隊は出る幕すらなかったようだ。

「犠牲者《ぎせいしゃ》が出なくてよかったよ。僕たちの戦果なんかより、それが一番重要だ」

「謙虚《けんきょ》なんですね」

エウフェミアが言った。

「別にそういうつもりはないんだけどね」

フェリクスは苦笑《くしょう》する。

「A級は常にその階級に見合った結果を期待されているし、その期待に応《こた》える責任がある。仕事を成《な》し遂《と》げることが『よくやった』ではなく、『当たり前』でなければならない。他の人はどうか知らないけど……僕はそう思ってるんだ」

「なるほど。ところで――」

にこりと笑ってエウフェミアは続ける。

「後進の指導というのはお仕事に含まれませんか？　そのうち、一手ご指南いただけると嬉しいんですけど」

おい、わずかに殺気が漏《も》れてないか？　もしかして挑発《ちょうはつ》してる？

「そうだね。いずれ機会があれば」

気付いたのか気付かなかったのか、フェリクスは軽く受け流した。

（何やってんだよ、おい！　冷や汗ものだったぞ！）

俺《おれ》は注意の意図を込めて、脇腹《わきばら》を肘《ひじ》で小突《こづ》く。

「……だって」

エウフェミアは小声で言って口を尖《とが》らせた。

「ハルカさんが構ってくれないんですもの。さっきの戦闘、マリナさんにだけ手を貸してましたよね？　そういうのって、不公平ではないですか？」

「お前は手助けなんていらないだろうが」

「わたしに十分な強さがあったとしても、それはサポートやメンタルケアが不要であることと同義ではないと思います。最近自覚したんですけど……どうやらわたし、かなり独占《どくせん》欲《よく》が強いみたいですよ？」

「…………」

なんで彼女に浮気《うわき》を責められる男みたいな立場になってるんだ、俺。

「だから、埋《う》め合わせを、ね？　ハルカさん」

エウフェミアは潤《うる》んだ目で俺を見上げた。

唇《くちびる》から鋭い呼気が漏れる。

刃《やいば》と刃のぶつかり合う音が連鎖《れんさ》する。

そして――小さく声を上げ、エウフェミアは尻餅《しりもち》をついた。

「うーん、一本取るのが遠いです……」

「そう簡単にはやらせねえよ」

町外れ、早朝の草原。

結局、ミアの要求に付き合わされることになってしまった。

泊まっていた宿をこっそり抜《ぬ》け出してやることが斬《き》り合いだなんて、色気のないこと甚《はなは》だしい。

「そこそこ長い時間打ち合えるようになってきたとは思うのですけどね……」

それは確かにな。

俺が使っているのは神具としての力を封印《ふういん》した、ただの剣《けん》。

一方エウフェミアは《慈悲なき収穫者《グリムリーパー》》をフル活用というハンデ戦だが、この条件だと倒《たお》すのがなかなか難しくなってきた。

気分によって力の振《ふ》れ幅《はば》が大きい奴だから、実戦ならもっと手こずることになるかもしれない。

（吸収が早いし、戦闘にかけては間違《まちが》い無《な》く天才なんだよな）

あとは戦闘欲のコントロールとか対人コミュニケーションスキルが向上すれば、頼《たよ》りがいのある冒険者《ぼうけんしゃ》になるんだが。

「……前にも言ったような気がするけどさ、こういうのには、リュリやマリナを誘《さそ》えよ」

「前にもお答えしましたけれど、実力差があるのであんまり面白《おもしろ》くないのです。たまにお相手をすることもありますけど、すぐに終わってしまいますし」

ああ、一応相手をすることはあるんだな。

少し前までこいつは仲間二人のことを視界にも入れていなかったから、その意味では成長と言えるかもしれない。

「二人のレベルに合わせてやったらどうだ？」

「手を抜けということですか？」

「そういう言い方もできるけど……ちょっと違《ちが》う」

む？　とエウフェミアが首を傾《かし》げる。

「最短時間で倒すんじゃなく、相手の足りないところを教えるような勝ち方をするんだよ。例えば、右側に隙《すき》があるなら、そこをはっきりわかるように叩《たた》く。防御《ぼうぎょ》から攻撃《こうげき》に移る際の動きが大きすぎるなら、そこにカウンターを合わせて相手に自覚させる」

「つまり……ハルカさんがわたしにやるように？」

「まあ、そういうこと。そうやって鍛えてやればあいつらは強くなるし、あいつらが強くなればお前もより楽しめる。みんな幸せだ」

もちろん、エウフェミアの相手から解放される俺も。

「そっか……うん、なるほど……」

エウフェミアは何度も肯《うなず》いた。

「面白い視点だと思います。正直なところ、わたしの中にはまったくない発想でした」

「お役に立てたなら幸い。じゃあ、そろそろ宿に戻《もど》って――」

「今度はそういうハルカさんの動きに注目して戦ってみますから、もう一本お願いできますか？」

「…………」

「お願い、あと一回だけ！」

断る権利はなさそうだ。

しかし、俺がため息をついて構え直そうとしたとき――下草を踏《ふ》みしめる足音が近づいてきた。

「おや？　お二人とも、こんなところで何を？」

旅装の二人組、フェリクスとグレーテだった。

そういえば帝都に向かう二人はこの街から別ルートだと聞いていた。出立は俺たちと同じくらいかと思っていたのだが、どうやら先に発《た》つようだ。

「えっと、ちょっと彼女に稽古《けいこ》をつけてもらっていたんです。俺も自分の身を守るくらいはできたらいいなって思って……」

「なかなか筋がいいですよ」

エウフェミアはしれっとした顔で話を合わせた。

ホントに動じないな、こいつ。まあ、こういう場合は助かるけど。

「それはいい心掛《こころが》けですね」

フェリクスはあっさりと納得《なっとく》してそう言い、グレーテが続けた。

「けど、中途半端《ちゅうとはんぱ》に強くなると過信や油断を招くこともあるから、気をつけなよ」

「覚えておきます。──しかし、随分《ずいぶん》と朝早いですね。もう出発ですか」

「ええ、この時間に出れば、日暮れ前に次の宿まで行けそうなので」

「私はもう少しゆっくり寝《ね》てたかったんだけど」

「街道の景色を楽しみながらのんびり歩くのもいいもんだよ、グレーテ」

フェリクスは呑気《のんき》に言った。

そういえば、この二人は日本でのテロ事件絡《がら》みで微妙《びみょう》な立場に置かれてるんだったな。

帝都に行くのも、出頭を命じられたからだと言っていたし。もしかしたら、今後はこうして自由に出歩けなくなることを覚悟しているのかもしれない。

表情から考えていることが筒抜《つつぬ》けだったらしく、フェリクスは苦笑を浮かべた。

「気を遣わせてしまったかな。——正直なところ責任は感じていますから、罪に問われることも覚悟してますよ。そうならないといいなと思いますけどね」

「まーた悟《さと》ったようなことを」

グレーテは、大きく息をついた。

いずれにしても、俺がどうこう論評できるようなことじゃないな。

「良い旅を。また会えるといいですね」

「どうも。ニコさんたちにもよろしく」

二人の背中を見送り、俺はエウフェミアに話しかけた。

「——例の件だけど……いつごろわかる？」

「次の街でうちの人間と接触《せっしょく》することになっています」

「そっか、よろしく頼《たの》む」

エウフェミアには、ラグナ・ディーン、特にこのデムテウス帝国と皇帝についての情報収集を頼んでいた。

こちらの世界でかなり高位の身分に属する彼女は、その種の伝手《つて》を持ってるのだ。

俺が異世界にやってきたのは、単に公務員としての仕事のためだけではない。

――自分のやらかしたことに、始末をつけるため。

かつて邪竜《じゃりゅう》を倒した際、俺はそのまま逃《に》げるように日本に帰還《きかん》した。

結果として、そのことはラグナ・ディーン全土に歪《ゆが》みと混乱をもたらした。

俺が去った後、デムテウス帝国の皇帝は俺の名声と権威《けんい》を利用して周辺国に圧力をかけ、自身の利益を拡大したのだ。

平民たちは邪竜侵攻《しんこう》で受けた被害《ひがい》からいまだ立ち直ることはできず、ラグナ・ディーンは今、ただ一部の人間のみが肥え太る世界になっている――日本で安穏《あんのん》と暮らしていた俺は、そう知らされた。

俺は二度と勇者になどなりたくない。

でも過去に勇者だった事実は変えられない。

俺の名誉《めいよ》は俺のものだ。たとえ皇帝であろうと利用させたりはしない。

そのことを直接思い知らせるために、俺はもう一度異世界に戻ってきたのだ。

「なあミア、皇帝がわざわざあの二人を呼びつけた目的って、何だと思う？」

「正確にはわかりませんけど、何らかの示威《じい》行為《こうい》のためだとは思います。求心力が低下し、反帝国勢力を抑《おさ》えきれなくなっているという話は聞きますし」

「……フェリクスたちを処刑《しょけい》して権威を見せつける可能性はあるかな」

「どうでしょうね。あまり賢《かしこ》い策とは思えませんけど……」

その点は同感だ。

しかし、支配者が常に賢い選択《せんたく》をするというわけでもない。

「フェリクスさんたちの処遇《しょぐう》についても情報を集めるよう、指示を出しておきましょう。こちらも次の街で連絡《れんらく》が入るかと思います。──ふふ、また一つ貸しですね」

「…………」

あんまり借りを作りたくはないけど、背に腹は代えられないというやつだ。

──しかし。

この時点では想像もしていなかったのだが……俺は結局、エウフェミアからその情報を聞くことはできなかった。

その後しばらくは何事もなく旅は続き、やがて街道沿いにある大きな街に到着した。

ここで護衛隊の人員を交代し、物資の補給をするとのこと。

その間、俺たちは自由行動である。

「えーっと、仕事の一環《いっかん》として私は街を観光、いえ視察してくるけれども……みんなはどうする？」

「俺は宿で休んでます」

今朝もエウフェミアに付き合わされたので、眠《ねむ》くて仕方ない。

「あら、そうなんだ。――冒険者組は？」

「護衛兼《けん》案内役として、ニコには誰《だれ》かついて行った方がいいわよね」

「あ、じゃあ私が」

リュリの言葉に応じて、マリナが挙手。

「わたしも街に少し用がありますから、ご一緒《いっしょ》しますね」

エウフェミアもそう言い、三人で出かけていった。

「ふう……」

俺はベッドに寝転《ねころ》んだ。

異世界からの客人ということで宿の部屋はかなり高級なものをあてがわれている。もちろん、代金は帝国持ち。

ただ、接待されているだけでは帝国の現状を正確に知ることはできないだろう。一休みして、日が落ちるころに少し出歩いてみるのもいいかもしれない。

「そういや……なあ、お前は行かなくてよかったのか？」

「んー、あたし？」

面倒《めんどう》そうな声で答えるリュリ。床《ゆか》に腰を下ろして装備品の手入れをしているようだ。

「あんただって護衛対象なんだから、一人にしとけないでしょ」

一応元勇者として、護衛が必要ない程度の戦闘能力は持ち合わせているが、そのことを知っているのはエウフェミアのみ。

とはいえ、俺のせいで自由時間が潰《つぶ》れるのは気の毒だよな。

「俺は寝てるだけだから、別に気にしてもらわなくてもいいんだけど」

「もうちょっと自分の立場を自覚しなさいよ」

リュリはため息をついた。

「ニホンでは下《した》っ端《ぱ》のお役人であっても、こっちの世界にとってはお客人なのよ。場合によっちゃ戦争の引き金にすらなるほどの重要人物なんだから」

「いやそれくらいは分かってるけど、護衛なら兵士さんたちもいるんだしさ」

あくびまじりにそう言うと、リュリの手が止まった。

まっすぐにこっちを見る。

「余計な印象を植え付けるかもしれないから、言いたくなかったんだけど……あの連中、あてにしない方がいいわよ。あんまりタチがよろしくない」

「……そうなのか？」

「かなり規律が乱れてるわね。見張りをサボったり、物資を懐《ふところ》に入れたりしてる奴がちょくちょくいる」

ああ、俺の世界でも国や地域によっては警官や役人のモラルが低く、不正や賄賂《わいろ》が横行してるなんて話を聞くけど……それと似たような感じか。

「昔から質の低い兵士はいたけど……あたしがこっちで冒険者やってたころより、さらに悪くなってる印象。あんたやニコだって、隙を見せたら食い物にされるかもね」

「そこまでひどいのか？　俺たちは重要人物なんだろ？」

「末端《まったん》には関係ない話よ。相手が誰であれ、金目のものを奪《うば》って始末して、逃走《とうそう》すればそれで終わり。旅も長いしそろそろ倦《う》んできた奴らが暴走しないとも限らないから、あたしの目の届くところにいなさいよね」

何だか目が冴《さ》えてきてしまった。

「……リュリは、仕事に対して真面目なんだな」

「何かの皮肉？」

「いや、褒めてる」

「働くことは、あたしにとって生きることと同じだからね」

そういや以前に聞いたな。

帝都《ていと》で育った孤児《こじ》。天涯孤独《てんがいこどく》で、生き延びることに苦労したんだったか。

「こっちに誰か会いたい人間とかいないのか？」

「いないわね。良い思い出もないし」

リュリは素っ気なく言った。

「あんたはどうなの？」

「俺？」

「こっちに知りあいとか、会いたい人とかいないの？」

「……いないな。良い思い出もないし」

「あんたも変わってるわよね。こっちで散々苦労したってのに、わざわざラグナ・ディーン関連の職業を選ぶなんて」

「選ぶ余地がなかったんだよ。生活に追い詰《つ》められて必死だったしな」

ああ、そういう意味ではリュリと俺は似てるのかもしれない。

「ただまあ、後悔《こうかい》はしてないよ。色々経験して気付くこともある」

「……そうね。あたしも冒険者とか神具遣《づか》いとか、成り上がる手段としか思ってなかった。

誰よりも強くなって、頂点に立って、あたしを虐《しいた》げたもの全部見下ろしてやるなんて考えてたけど――」

リユリは小さく肩《かた》をすくめる。

「強くなっても上には上がいるし、強くなったから幸せが手に入るとも限らない。頂点目指す気持ちは変わらないにしても、視野は広くなったかな」

「――そういえば、最近ミアとはどうだ？ 上手《うま》くやれてるのか？」

「やれてるといえばやれてるかな？ 言えば稽古に付き合ってくれたりもするし」

勝てないんだけどさ、とリユリは少し苦い顔になる。

「指示も聞いてくれるようになったし……ちゃんと仲間だと思えるから、大丈夫《だいじょうぶ》。心配しないで」

よかった。あいつも少しずつ社会性を身につけているようだ。

リユリは窓の外に目をやった。

「そろそろ日が暮れるわね。みんなが戻ってきたら、食事に行きましょうか。……ああそういえば、最近、隙あらばマリナが食事抜こうとするのよね。また太っちゃったからとか言って」

「それは良くないな」

三人のうちではもっとも体の大きいマリナだが、実は年齢を大きく偽《いつわ》ってこちらの世界に来ているため、もっとも年下でもある。まだまだ成長期のはずだ。

「食べられないとかじゃなくて、お腹《なか》がグーグーいってるのに我慢《がまん》しようとするからね。体力つけるのも仕事のうちなんだから、ごちゃごちゃ言わずに食べなさいと注意してるんだけど。……まったく、食べても大きくなれない人間だっているってのに」

最後の一言は愚痴《ぐち》っぽく響《ひび》いた。

「ま、俺も気をつけて見とくよ」

そうこうしているうちに、日が完全に沈《しず》んでしまった。

「しかし……ニコさんたち、遅《おそ》いな。どこまで行ったんだ？」

日本と違って、こちらでは日が落ちればほとんどの店が閉まってしまう。

さすがにそろそろ帰ってくると思うんだが。

「……様子を見に行った方がいいんじゃないか？」

「そうねえ……」

と、そのとき、部屋の外から慌ただしい足音が聞こえた。

そして、ノックもなしに扉が開かれる。

「うん？　何事――」

問いただそうとして、口をつぐむ。

数人の兵士に剣を突《つ》きつけられたのだ。

「おとなしくしろ！──反帝国《ていこく》勢力と手を組み、帝国を混乱に陥《おとしい》れようとした咎《とが》でお前たちを捕縛《ほばく》する！」

「え？」

「は？」

俺とリュリはぽかんと口を開けた。


「──ねえ、どういうこと？ 何がどうしてこんなことになったの？」

不機嫌《ふきげん》そうにリュリは言った。

「俺にわかるわけない」

肩をすくめる。

とりあえずの処置ということで、俺たちは宿にあった物置部屋に放り込《こ》まれた。

冷たい石畳《いしだたみ》と石壁《いしかべ》。窓といえば、天井《てんじょう》すれすれに明かり採りのものが一つあるだけ。

高級客室から、いきなりひどい待遇《たいぐう》になったもんだ。

俺たちを捕まえた兵士に事情を尋《たず》ねてみたところ、帝国に反逆する勢力のスパイか工作員という疑いがかかっているらしい。

　もちろん身に覚えのない話だが、そう主張しても聞き入れられることはなかった。

「……あたしはともかくハルカは異世界からの客人なんだから、うかつにこういう扱いをすると責任問題になるはずなんだけど」

「捕《と》らえるに足るだけの証拠《しょうこ》があったってことか？」

　どこからそんなものが出てきたのか、想像もつかないが。

「ニコたちも捕まったのかしら……？」

「だったら兵士たちがそう言うんじゃないか？　『仲間も捕らえたぞ！　抵抗《ていこう》や言《い》い逃《のが》れは無駄《むだ》だ！』みたいな感じで」

　無事であってほしいという願望混じりの推測ではあるが。

　いずれにせよ、俺たち二人だけが狙われたってことはないだろうから、ニコさんたちの方にも何かトラブルが起きている可能性は高い。

「……何が起こっているにせよ、じっとしてても仕方ないわよね」

「賛成だ」

　俺たちは天井近くの窓を見上げた。

リュリの神具である一対《いっつい》の双剣――《銀の双翼》には、不可視の力場を作り出す能力がある。その力を利用して天井まで上り、窓の鉄格子《てつごうし》は神具の刃で切り取って、俺たちは脱出《だっしゅつ》を果たした。

「……ろくに見張りも置かないとか、杜撰《ずさん》な警備よね。まあ、助かるけど」

ちなみに俺たちが今陣取《じんど》っているのは、宿屋の屋根の上。

まず見つからないだろう。

「松明《たいまつ》の灯《ひ》が右往左往してるが……あれって、ニコさんたちを探してるのか？　それとも何か他にトラブルでも起こっているのか……」

「やっぱり事情を把握《はあく》しとくべきよね。――ちょうど、あの辺りに動いてない松明があるけど……」

「指揮官だろうな。リュリ、頼めるか？」

「任せて」

小さく笑って、リュリは姿を消した。

知りたいことがあるなら、知ってる奴を連れてきて聞けばいいのだ。

「ニホン人の若僧《わかぞう》と獣人《じゅうじん》にも逃げられた⁉　何をしておるのだ‼」

大通りの一角。

護衛隊の隊長は、苛立《いらだ》っていた。

「待機中の者も全《すべ》て動員！　街の衛兵からも限界まで人員を借り、絶対に探し出せ！」

彼《かれ》の怒鳴り声に応じ、残っていた部下たちも慌《あわ》てて散っていく。

一人になった隊長は、苛立たしげに石畳を蹴《け》り飛ばした。

「クソ、クソクソッ！　せめてあいつらだけでも確保しなければ、俺の立場がない――」

「――てなことを言ってたそうですね。何があったのか詳しく教えてもらえません？」

「…………！　…………！」

隊長は必死に暴れているが、体は動かず声も出せない。

リュリは首尾《しゅび》良く拉致《らち》に成功、宿屋の屋根上まで連れてきてくれたのだ。

「今は力場を帯状にして拘束《こうそく》してるのか。応用力が高くていい能力だな、それ」

「どうも。でもどうせなら、あたしの柔軟《じゅうなん》な発想と努力の方を褒《ほ》めて欲しいところね」

「ああ、確かに。それは悪かった」

と、そのとき、隊長が何か言おうとした。

とはいえリュリによって口を封《ふう》じられているため、うーうーという唸《うな》り声にしかなってない。まあ多分、抗議《こうぎ》でもしてるのだろうが。

「えーと……騒《さわ》がれても困るので、まず最初にご自分の立場を理解していただきますね」

俺の視線を受けるとリュリは肯き、神具の力で鼻と口を同時に塞《ふさ》いだ。

隊長は目を見開き手足をバタつかせるが、もちろんその程度で拘束は解けたりしない。

一分ほどその状態で放置した後、一呼吸のあいだだけ鼻を解放する。そしてまた呼吸を封じる。

「何もあなたの命を奪いたいわけじゃないんです。ただ素直《すなお》に知ってることを話してもらいたいだけでして。ただ――」

そこで俺は意図的に間を取り、続ける。

「別にあなた以外の人に聞いても構わないわけです。もしそういう気分になった場合、うっかりあなたの呼吸を止めたまま立ち去ってしまうかもしれませんね。……ご協力いただけますか？」

俺は努めて穏《おだ》やかに頼み込んだ。

その後、呼吸を止め、解放し、また止めるという身体的説得を何度か繰《く》り返すと、隊長は快く協力する気になってくれた。

くれぐれも大声を上げないよう言い聞かせて口を解放すると、隊長は涙目《なみだめ》であえぎながら途切《とぎ》れ途切れに話し始めた。

「じ、事前の計画では、この街で護衛隊が交代するはずだったんだ」

しかし――その直前になって、交代要員の兵士たちが縛《しば》られ身ぐるみ剥《は》がされた姿で発見された。

情報収集が行われた結果、ほどなくして、装備を奪い護衛の兵士になりすました何者かの集団がニコさんたちに声をかけ、街の外へ連れ出したことが判明。

以降、行方《ゆくえ》知れずのままであるらしい。

「誘拐《ゆうかい》ってこと……？」

リュリが呟《つぶや》いた。

「我々も捜索《そうさく》はしたんだ！　だが痕跡《こんせき》すら見つからなかった……」

上に知られれば、極《きわ》めて重大なミスと判断されるだろう。

もちろん隊長である彼は、責任を厳しく追及《ついきゅう》されることになる。

なんとか失態帳消しの手段はないだろうか、と必死に頭を悩《なや》ませた彼は、ある策を思いついた。

すなわち――『日本からの客人たちは反帝国勢力と手を組んでおり、視察のフリをして帝国内でスパイや破壊《はかい》工作を行おうとしていた。それを察知した自分たちは阻止《そし》しようとっちあげることだった。

したが戦闘《せんとう》になり、やむを得ず数名を殺害、残りのものは逃げ去った』という筋書きをで

「…………」

「…………」

俺たちはしばしの間、言葉を失っていた。

帝国軍、ちょっと腐《くさ》りすぎてないですかね。

「ってか、なんでそんな雑な言い訳が通用すると思ったんだよ……」

「ねえ、生かしとく必要あるかな、この人」

リュリが渋面《じゅうめん》で言った。

心情的には大いに共感できるが、本当に手を出すと問題がこじれるだろうし、またこいつ一人をどうにかしたところで広がってしまったデマが消滅《しょうめつ》するわけでもない。

俺はため息をこらえつつ、尋問《じんもん》を再開した。

「それで、その誘拐犯《ゆうかいはん》たちはどっちの方向に立ち去ったんですか？」

「た、確かなことはわからないが、最後に目撃《もくげき》された場所からして――」

不確かな情報ではあるが、無いよりマシだ。

これで必要なことは聞き出したと判断。彼には気絶してもらい、俺たちはニコさんたち

を追って街を出ることにした。

＊　＊　＊

「――ねえ、窓のカーテン開けちゃだめかな？　外の景色を見たいんだけれど」

「悪いけど遠慮《えんりょ》しとくれ。道順や方角を記憶《きおく》されると困るんでね」

目の前の女性兵士は、すげなくニコの要望を却下《きゃっか》した。

（いえ、多分――）

兵士ではなく、兵士に変装した何者かなんだろうな、とマリナは思った。

兵士だったらこんな風に自分たちを扱《あつか》うはずがないからだ。

現在、ニコ、エウフェミア、マリナの三人は手首を縛られ、馬車の中に押《お》し込められている。

（……これって誘拐だよね）

三人で街を回っていたのに、どうしてこんなことになったのだろう……

マリナはつい先ほどまでのことを思い出していた。

用があるとかで単独行動していたエウフェミアとも合流し、三人で市《いち》を見て歩くことになった。

「わあ……すっごい広さねえ、ここの市場」

「え、えっとですね、ここはちょうど大きい街道《かいどう》が交わる位置にある街なんです。こういうところには、大きな市が立つんですよ」

当然ながら市の規模が大きくなればなるほど、扱われている品も多様になる。

「色々あって目移りする……。――あ、このペンダントきれい！」

ものめずらしいのか、ニコは子供のようにあちらこちらの店を覗《のぞ》き回っている。

自分もよく母親に市に連れて行ってもらいああしてはしゃいだなあ、とマリナは懐《なつ》かしく思い出し、そして仮にも年上の人に向かってそういう思考は失礼にあたるのではないかと反省した。

「おいしそうな食べ物もたくさんあるね」

「この辺りだとお肉やお野菜が多いですね。お魚って傷《いた》みやすいですから、獲《と》れるところの近くじゃないと、たとえおっきい市であってもなかなか並ばないんです。たまに干物《ひもの》を見るくらいかな？」

「その点、ニホンのお店って便利ですよねえ。生肉も生魚も簡単に手に入りますから」

「そう！　新鮮《しんせん》なお魚がいつも食べられるって、すごいことなんですっ！」

マリナはエウフェミアに力強く賛成した。

特に好き嫌《きら》いはなく何でもおいしく食べることができるのだが、海辺の生まれで幼いころから親しんできたため、魚料理には格別の思い入れがあるのだ。

もっとも、良い食材が入手しやすいせいで食べ過ぎてしまうのが最近の悩みではある。

マリナとしてはエウフェミアやリュリのようにスラリとした体形に憧《あこが》れがあるのだけど、なかなか体の方は理想通りに育ってくれない。

「そういえば、みんな普段《ふだん》から料理ってするの？」

「はい、やってます！　宿舎では当番制になってて、三人で交代してご飯作ってるんです。インターネットでレシピとか探してきて、お勉強もしてますよ」

「新しい料理に挑戦《ちょうせん》するの、楽しいですよね」

そしてエウフェミアは少し首を傾げ、続ける。

「……でも、わたしが珍《めずら》しいのとか凝《こ》ったレシピに手を出そうとすると、リュリさんが止めるんですよ。『あんたは煮《に》るだけとか焼くだけのにしなさい。最悪インスタントや出来合いのでもいいから』って。どうしてなんでしょうね？」

マリナは、あははと笑ってごまかした。

リュリが居たら『食卓《しょくたく》に地獄《じごく》を発生させないために決まってんでしょ！』とかストレートに言っちゃうんだろうなあ、と思う。

戦闘では圧倒的《あっとうてき》なエウフェミアだが、家事能力に関しては壊滅的《かいめってき》なのだ。

旅の間は基本的に街の酒場で摂《と》るか護衛隊の兵士たちが調達してきてくれるので、自炊《じすい》の必要はない。

宿で待ってる二人のために、何かお土産《みやげ》でも買っていこうかと相談していると――

「すみません、ニホンからのお客人ですよね？　イスズ・ニコさん、それに護衛のエウフエミアさんとマリナさん」

帝国軍の兵士から声を掛《か》けられた。

「ええ、そうですけど」

「あ、申《もう》し遅《おく》れました。私、この街から交代して護衛隊に加わります、リオネラと申します。よろしく」

背が高いのと兜《かぶと》で顔が隠《かく》れていたので気付かなかったが、女性の兵士だ。

年齢《ねんれい》は多分、二十代後半くらいだろうか。

「それでですね、この先、崖崩《がけくず》れで街道が通行止めになっている地域があるらしく、隊長が日程について至急ご相談したいと」

現在隊長は街の外れで馬車の整備に立ち合っているところなので、そこまでご足労願いたい、とリオネラは言い、ニコは承諾《しょうだく》した。

案内された街外れの草原には、確かに馬車と幾人《いくにん》かの帝国兵の姿があった。

一行が歩み寄ると、兵士の一人が『やあ、わざわざすみません！』と親し気な声を上げ

――そしてニコの首に短剣《たんけん》を突き付けた。

「……え？」

ニコはきょとんと目を瞬《まばた》かせる。

マリナも似たような反応しか返せなかった。とっさには何が起こったのか理解できなかったのだ。

「はい、護衛の二人は両手を上に挙げて。神具は出さないこと。このニホン人が死ぬことになるよ？」

リオネラは落ち着いた声でそう言った。

――そして現在の状況《じょうきょう》というわけである。

「……ミアさん」

マリナは小声で隣《となり》のエウフェミアに話しかけた。

「あの、ど、どうにかならなかったんですか？　こうなる前に、何か動いた方がよかったんじゃ……」

ニコが人質《ひとじち》に取られた際、エウフェミアが抵抗しないよう指示したので、マリナはそれに従った。

しかし、自分はともかく、エウフェミア――『殺戮《さつりく》人形』の二つ名で知られる凄腕《すごうで》の神具遣いが、むざむざ敵の言いなりになる必要はあったのだろうか。

その強さはマリナも日々の訓練で思い知らされている。

彼女《かのじょ》だったら、ニコに危害が加えられるより早くこの人たちを無力化させることもできたのではないか、と思ってしまうのだ。

「短剣を突き付けてた男性兵士の方はどうとでもなったでしょうね。でも、このリオネラさんという方は軽視できません。神具遣いですよ、多分」

「え……？」

マリナはリオネラの挙動を思い出す。

そういえば、降伏勧告《こうふくかんこく》から実際に自分たちが両手を挙げるまでの間――空気が最も張り詰めたあの瞬間《しゅんかん》も、腰《こし》の剣《けん》に手を掛けることなく両手を空けたままにしていた。

神具をいつでも顕現《けんげん》させられるように、ということだ。

仮にエウフェミアが勝てる相手だったとしても、人質のニコの安全まで確保できるかどうかは微妙なところだろう。何せ、相手の神具の形状も能力もわからないのだから。

（そこまで考えてたんだ……）

マリナは感心しつつ、自分の至らなさを思い知る。

「まあ、ハルカさんからなるべく穏便《おんびん》なやり方を身に付けろと言われていたこともありますけどね」

「私も穏やかに済ませる方が好みだなあ」

ニコがのんびりと言った。

「でも、この人たちが実力行使に出てくるようなら、全力出しちゃっていいよ。全滅《ぜんめつ》するより誰かが生き残った方がいいに決まってるんだから。無理そうなら私のことは気にせず、自分の身をちゃんと護《まも》ってね」

「はい、承《うけたまわ》りました」

エウフェミアは当たり前のことだというように肯いた。

「聞こえてるよ。物騒《ぶっそう》な相談をしてるね。――いや、むしろあたしたちへの牽制《けんせい》として、聞こえるように言ったのかな？」

リオネラは苦笑《くしょう》気味の表情でそう言った。

「いえいえ、そんな怖《こわ》いこと、とてもとても」

内心はどうあれ、ニコは穏やかな口調で返す。

「でも一応、私が上司ってことになってるから、方針は示しておかないとね」

「んじゃ、こっちの方針も伝えておこう。おとなしくしてくれるなら、危害を加えることは絶対にない。ただし、いざ殺し合いになったら、こっちも手段は選ばない」

殺し合い、という言葉が出た瞬間、マリナの背筋にぞくりとした感覚が走った。

この人は——本気だ。

「お、お、落ち着いてください、ニコさん！　な、なな、何かあったときは、私が命をかけて守りますから！」

「うん、ありがとう。でも、なるべくそうならない方が嬉《うれ》しいかな」

縛られたままの両手を、ニコは安心させるようにマリナの手の上に重ねた。

「あんたが一番落ち着いてないように見えるね。大きなお嬢《じょう》ちゃん」

リオネラがくすくすと笑う。

マリナは赤面した。

（ミアさんはともかく……ニコさん、こんな状況でよく平然としていられるなあ）

もしかして、この場で緊張《きんちょう》しているのは自分だけなのだろうか？

「さて。話は拠点《きょてん》に着いてからのつもりだったんだけど……思ったより肝《きも》が据《す》わってるみたいだから、本題に入らせてもらおうかな」

リオネラは姿勢を正し、三人をまっすぐに見た。

「まず、自己紹介《じこしょうかい》をしておこう。あたしの名前はリオネラ――ってこれはもう教えたね。反帝国組織『紅蓮《ぐれん》の牙《きば》』の、まとめ役を務めてる」

「反帝国組織……」

「説明が必要かい、ニコ？」

「ううん。デムテウス帝国に反発する意見があることも、その意見を実力で押し通そうとする勢力が存在することも把握してる」

先日、日本でも『傀儡師《くぐつし》』を名乗るテロリストが暴れたばかりだ。

マリナたちも小さからぬ関《かか》わりを持つことになった。

「そのあなたたちが、私たちを掠《さら》った理由を聞いてもいいかな？　帝国と交流のある日本に良い感情を持っていないってこと？」

「別にそういうわけじゃない。私たちが恨《うら》んでいるのはあくまでデムテウス帝国であり、ニホンじゃないからね。もちろんニホンの援助《えんじょ》で帝国が潤《うるお》ったり力を付けたりするのは困るけど、今のところそれを阻止する有効な手段も無いし。――目的はシンプルに金だよ」

「身代金《みのしろきん》の要求ってこと？」

「そう。正しくないことは百も承知。申し訳なくも思う。ただ、あたしたちも手段を選んでいられる状況じゃなくてね。資金的にも戦力的にも余裕《よゆう》がない」

ふう、とリオネラは大きなため息をついた。

どこか芝居《しばい》がかってるようにも感じられる。

「あんたの役割は、人質にして生きた証拠。まず、誘拐されたことをニホンに知らせてもらう。あんたたち独自の記録手段でもいいし、手紙でもいい。掠われたのが事実であり切《せっ》迫《ぱく》した危険があることを向こうに知ってもらわないといけないからね」

「んー……」

ニコはわずかに眉《まゆ》をひそめた。

「一応、善意で言うけど……やめといた方がいいんじゃないかなあ。私、たまたま視察役を任されただけの、地方の下級役人だよ？　日本という国にとって、大した価値のある存在じゃない。私たちごとまとめて成敗されるだけだよ」

多分ブラフだ、とマリナは思う。

ニホンでは地位、身分に関係なく人には等しく価値があるという思想が一般的《いっぱんてき》だと耳にしたことがある。もちろん、口に出して指摘《してき》したりはしないが。

「……でも、あんたがどの程度真実を語ってるのか、あたしには見抜《みぬ》く方法がないんだよねえ」

「と言われても、こっちにだって証明する方法はないよ？」

「ふん……」

リオネラはニコを値踏《ねぶ》みするかのように、じっと見つめる。

が、唐突《とうとつ》にふっと力を抜《ぬ》いた。

「まあ、いいや。ならもう少し考えて、うまい利用の仕方を見つけるさ。しばらくは同行してもらうけど……くれぐれも妙《みょう》な真似《まね》しないでおくれよ？」

目指す拠点まではまだかかるということで、その日は野営することになった。

一行十数名がいくつかの天幕に分かれて、睡眠《すいみん》を取るようだ。

マリナとエウフェミアにも、小さな天幕が与《あた》えられた。

「とりあえず、拘束は解いてもらえましたね」

縄《なわ》の跡をさすりながら、マリナは息をついた。

「私たちだけで一つの天幕を使わせてもらえるってのは、それなりに大切に扱われてるってことなのかなあ……」

「かもしれないですね。まあ、外出禁止というのは不便ですけど」

天幕自体は簡素な造りで、その気になれば簡単に抜けだせる。

見張りもいるようだが、この二人なら――というか、エウフェミアが居れば突破《とっぱ》するのは難しくないだろう。

ただ――

「ニコさん、怖い目にあってないといいんですけど……」

彼女は一人だけ別の天幕に連れていかれた。

当然ながらニコを放っておいて、自分たちだけで脱出するわけにはいかない。

「リーダーの女性――リオネラさんでしたか、彼女に気に入られていたようですから今すぐどうこうされることはないでしょう。大切な人質ですし」

「そ、そうですよね！」

「怖い目――例えば拷問《ごうもん》されたり、邪魔《じゃま》だからと処分されたりするような目にあう可能性が高いのは、わたしたちの方ですね」

「そ、そうですよね……」

「まあ、焦《あせ》ってもしかたないですし」

エウフェミアはうーんと伸《の》びをした。

「おとなしくしていれば危害は加えないということですから、その言葉を信じておとなしくしつつ、最良の手を考えましょうか」

「……信じて大丈夫でしょうか？」

「大丈夫じゃなければ、それなりの対応をします。リオネラさん、おそらく強いでしょうから、それはそれで楽しみですね」

　全然楽しみじゃないです、とマリナは内心で呟いた。

「とはいえ、今のところ殺気や敵意は感じませんから、何も起こらないと思いますが」

「……殺気って、努力次第《しだい》で感じ取れるようになるんですか？」

「経験次第でしょうか。人間、動物、モンスター……できるだけ過酷《かこく》な環境《かんきょう》に身を置き、様々な種類の殺気に触《ふ》れるといいですよ。そのうち嫌《いや》でも敏感《びんかん》になります」

「そういうものですか……」

「そういうものです。でないと死ぬので」

「…………」

　ひと頃《ころ》に比べて随分《ずいぶん》と会話も増えたし、色んな事を教えてくれるようになったと思う。

　エウフェミアが自分向きの教師かどうかは、かなり疑問の余地があるけれど。

「まずはゆっくり体を休めましょう。そのうち事態も動きますよ」

のんびり言って、ふわぁとあくびするエウフェミア。
マリナはその図太さを羨《うらや》ましく思った。

「……意外に図太いわよね、あんた」

堅《かた》いパンを千切って口に運びながら、リュリはそう言った。

「うん？」

「いや、ニコたちとはぐれるし、変な濡《ぬ》れ衣《ぎぬ》着せられるし、もう少し動揺《どうよう》してもいいんじゃないかと思って」

「まあ……『大接続』とその後のあれこれを経験してるからなあ」

アレに比べりゃ、大抵《たいてい》のことは慌てふためくに及《およ》ばない。

ニコさんたちが消息を絶ったところから街道を西に進み、辿《たど》り着いた小さな街。

俺《おれ》たちは古めかしい酒場で朝食をとっている。

「――あんたさ、あたしたちがニホンで暮らし始めたころ、色々世話を焼いたり教えてくれたりしたじゃない？」

「ああ」

「だからこの逃避行《とうひこう》は借りを返す良い機会だと思ったんだけど……あんまり世話の焼き甲斐《がい》がないわね」

「借りだと認識《にんしき》してたのか」

意外に義理堅《ぎりがた》い性格であるらしい。

「──ってか、いちいち気にしなくていいぞ。お前の自覚してないところで、色々返してもらってるから」

「そうなの？」

「そうなの」

納得《なっとく》いかなそうにリュリは首をひねった。

「とりあえず宿は確保できた、と。今のところ、兵士たちも追ってくる気配はない」

幸いにもこの世界にはスマホやカメラなどという便利な技術は存在しない。

手配書が回るにしても、せいぜいが服装や人相書きくらいだろう。

こちらの世界に溶《と》け込むのは慣れたものだし、リュリの猫耳《ねこみみ》は帽子《ぼうし》やスカーフで隠せば問題ないはず。

「じゃあ次は、情報収集かしらね。誘拐犯の手掛《てが》かりを見つけないと」

「あとは金策も。こうなった以上、もう帝国には頼《たよ》れないからな」

となると——とリュリは考え、口を開いた。

「二つを同時に満たせるのは、冒険者《ぼうけんしゃ》ギルドかな。情報が集まってくるし、C級持ちのあたしなら、ソロでもそこそこのお金は稼《かせ》げるはず」

「ギルドの依頼受《いらい》けたら、そこから帝国軍に身元が漏《も》れたりはしないのか？」

「大丈夫《だいじょうぶ》、だと思う。絶対じゃないけどね」

伝統的に正規軍とギルドはあまり仲が良くなく、協力することは少ないらしい。

冒険者には後ろ暗い事情を抱《かか》えた者も多い。

さらにぶっちゃけて言えば、依頼さえ達成できるなら人格は問題にされないことがほとんどであるため、たとえ犯罪歴のあるならずものであってもギルドの方がそのことを外に漏らすことはまずないという。

「確かに、自分の身元や過去をばらされるとなったら、冒険者のなり手が激減するだろうしな……」

一方で依頼の放棄《ほうき》や未達成には厳しいペナルティがある。それでバランスを取っているということなのだろう。

俺も日銭稼《ひぜにかせ》ぎに冒険者やってたことはあるけど、あの時期は大混乱だったし、その辺の事情は詳《くわ》しく知らなかった。

「なら、ギルドの方は任せる。俺は街を回って情報を集めてみるよ」

「了解《りょうかい》。じゃあ夕方の鐘《かね》がなる頃に、またこの店で落ち合いましょう」

そう申し合わせて、俺たちは二手に分かれた。

(……異世界の街に、一人で放《ほう》り出される、か)

前回、こちらの世界であれこれ苦労していたことは決して楽しい記憶ではないが、それでもどこか懐かしさに似た感慨《かんがい》を覚えた。

もちろん、のんびりしている余裕がないのはわかっている。

俺は人目につかない路地裏《ろじうら》に入り、小声で言った。

「玖音《くおん》、ちょっと出てきてくれ」

「はいはーい」

声と共に、十を一つか二つ過ぎたくらいの少女が姿を現した。

こいつは俺の妹である九住《くずみ》玖音。

と同時に、俺の所有する神具――あらゆるものの『情報』を食《く》らい、支配する聖剣《せいけん》《ユニベル》の化身《けしん》でもある。

「何があったのかは把握してるよな？　ちょっと手伝ってくれ。まず最優先はニコさんたちの行方につながるような情報。次に日本人の誘拐をやらかしそうな帝国内の不満分子に

ついて。あとは……帝国《ていこく》や皇帝《こうてい》の評判も知っておきたい」

「うん、了解」

『大接続』の際に死亡したこいつは、聖剣に取り込《こ》まれたのち情報を再構成され、現在は対人インターフェースの役割を果たしている。

普段は俺と一緒《いっしょ》に日本の安アパートで生活しているが、基本的に俺の居る場所にならいつでも自在に実体化し、能力を発揮することができるのだ。

「えーっと……お兄ちゃんを中心として、半径五〇メートルくらいはいけるかな？」

「ああ、それでいい」

とある事情により、聖剣は現在その力のほとんどを使えない状態にあるが、限られた範《はん》囲《い》の情報解析《かいせき》なら十分に可能だろう。

「街の人たちの会話情報を集めて、必要なのをピックアップしておくね」

それと、と玖音は続ける。

「私が実体化してるのをリュリさんに見られると、説明が面倒《めんどう》くさくなるから注意しなよ？　自分が勇者だとか聖剣持ってるとか、明かす気はないんでしょ？」

「ああ、気を付ける」

俺が勇者ノインであることを知っているのは、エウフェミアだけだ。

今後も誰《だれ》かに話すつもりはない。

「刻限は夕方まで。俺もあちこち歩き回るつもりだから、情報の収集と整理を頼《たの》む」

人々の生活やその表情を直に見ればわかることもあるだろうしな。


日が傾《かたむ》く頃に、朝と同じ酒場でリュリと合流した。

飯を食いながら、それぞれの成果を報告し合う。

「依頼もらってきたわ。植物と鉱物の採取だから、あんまり時間をとられず稼げそう。神具持ちだとちょっと報酬《ほうしゅう》が上乗せされるからありがたいわよね」

「そりゃよかった。助かる」

「ハルカの方は？　何かわかった？」

「まあな。まず……民の不安がすごく大きくなってる」

周辺国との関係が不安定になっていることは、この街でも噂《うわさ》になっていた。

邪竜《じゃりゅう》にやられた傷が深いのはどの国も同じ。

しかし、復興に際し、デムテウス帝国は不当に自国の利益を独占《どくせん》している。

周辺では帝国が群を抜く強国であるため、まだ戦を仕掛《しか》けてくる国こそないが、外交面ではかなり危《あや》うい状況にある。そのことを懸念《けねん》する者は多かった。

「……変わらないわね、この国は」

「良い意味で？　悪い意味で？」

「もちろん悪い意味で。あたしがこっちにいたころから、民や周辺諸国からの評判は良くなかったから」

「邪竜戦争後の立て直しに失敗しているって話だしな」

日本との関係を利用してどうにか国情を好転させたいところなんだろうけど、そちらについても好意的な声はほとんど聞かれなかった。

「少なくともこのあたりの人間にとっては、遠い世界の出来事でしょうしね。——情報伝達技術の差だわ。何か事が起こると、それがどんな内容でありどういう意味を持つのか、ニホンだと一瞬《いっしゅん》で広がる」

「でも、こちらは違《ちが》う、か」

まあおかげで俺とリュリがこうして逃《に》げ回ったり潜伏《せんぷく》したりできるんだから、その点はありがたいけど。

「それってつまり、反帝国思想が根付き育つ土壌《どじょう》があるってことでもあるよな」

「だからまあ、ニコたちをさらったのがその方面の勢力ってのは十分に考えられるわけよね。何かそういう話は耳にしなかった？」

「……いや、特には」

少なくとも、玖音が集めた情報の中にはそこまで具体的な手がかりはなかった。

「んー……単なる盗賊《とうぞく》、追《お》い剝《は》ぎの類ならミアが片付けて終わらせてるでしょうし、ある程度大きな組織って可能性は高そうなんだけど」

「随分とミアを買ってるんだな」

そう指摘すると、リュリはふんと鼻を鳴らした。

「実力は正確に把《は》握《あく》しておかないと、リーダーとしての役目が果たせないというだけのことよ。買ってるとかじゃなく、過不足なく評価してるだけ」

「そうか」

決闘《けっとう》までやった頃に比べると、ずいぶん仲良くなったもんだ。

ふと見ると、リュリがなんとも言えない目で俺を睨《にら》んでいた。

「……なんで笑ってるわけ？」

「あ、いや、なんでもない」

微笑《ほほえ》ましいことだが、今は目の前の問題に取り組もう。

「しかし……ミアが実力行使に出ない方がいいと判断する相手だと、かなり面倒だな」

「そのレベルなら、情報も集めやすいんじゃないかって期待もできるけどね。何日かここに滞在《たいざい》してみる？」

「お金の心配ならしなくていいわよ。ハルカ一人食べさせるくらいなら、何とかなるから。あんたは街で情報収集、あたしはギルドからの依頼を果たしつつ、ついでに情報収集ってわけね」

「……経済的に完全依存《いそん》って、俺、なんかヒモみたいになってないか？」

「気にしないで。稼げる人間が稼いだ方が効率良いでしょ。そういうことはあたしに任せて、あんたはあんたにできることをやってくれればいいの」

世話好きな性格ではあるんだろうけど、こいつはこいつでなんだかダメ男に引っかかりそうで心配だな。

とはいえ、当面は甘《あま》えておくしかないか。


そして――そのまま何日かが経過した。

帝国の情勢については、色々と情報が補強できた。

もともと邪竜侵攻《じゃりゅうしんこう》の影響《えいきょう》で国土が荒《あ》れていたところに帝国と周辺国との軋轢《あつれき》が重なり、国境地帯から中央へと民の移動が起こっていること。

しかし移動してもその先に受け入れ態勢などないことが多く、移民と元々の住人双方《そうほう》の不満が高まっていること。

反帝国の動きは思ったより広く活発で、現在は各地の小組織をそれぞれ統合し力を更《さら》に蓄《たくわ》えようとする動きも見られること。

とはいえ、分かるのはあくまで大雑把《おおざっぱ》な動きと傾向《けいこう》。

ニコさんたちの行方《ゆくえ》などは、依然《いぜん》として手がかりの欠片《かけら》すらない。

「動機を考えると、やっぱり反帝国勢力ってのが一番ありそうなんだけど……でも、誘拐《ゆうかい》に関しては目撃談《もくげきだん》なし、それっぽい奴《やつ》らの噂もなし。犯人はこの街の近辺には立ち寄っていないということなのかしらね？」

「かもな」

すっかりお馴染《なじ》みとなった酒場で朝食を摂りながら、二人してため息。

簡単にその日の方針を打ち合わせた後、解散してそれぞれの役目を果たすというのがこのところのルーティンだったが、さすがに手詰《てづ》まり感が強くなってきた。

——三人とも無事だろうか？

エウフェミアには色々問題があるが、少なくとも腕《うで》に関しては間違《まちが》い無《な》く信用できる。

マリナだって、そのあたりのゴロツキくらいなら軽く蹴散《けち》らせる力はあるはずだ。

酷《ひど》い事態にはなっていない……と思いたい。

(もし邪竜討伐《じゃりゅうとうばつ》後からの混乱がニコさん誘拐の遠因になってるなら……無責任にも全《すべ》てを投げ出して帰って来た勇者ノインの責任でもあるわけだよな)

勇者ノインの名は大きくなりすぎた。過剰《かじょう》に持ち上げられ、帝国に利用され、揉《も》め事《ごと》の種となり——そして本人たる俺は今現在、ひたすらに無力だ。

「……あークソ、いまいましい」

「何か言った？」

「何でもない。愚痴《ぐち》っただけだよ」

投げやりにそう答えると、ややあってにゅっと目の前にリュリの顔が突《つ》き出された。

「イライラが表情に出てる」

「…………」

「悪いのはあんたじゃなく、あくまでニコたちを掠った奴。どんな事情があったって許されるような真似じゃないんだから、そこは履《は》き違えちゃダメ。あんたが責任を感じてるなら、今やるべきなのはできることに全力を尽《つ》くすこと。それは過去のことや力及ばなかったことを考えるより、ずっと大事。——そうでしょ？」

「……ああ」

もちろんリュリは、俺が勇者ノインであることを知らない。

しかし、それでもその言葉には俺の胸の重しをいくらか取り除く効果があった。

「お前……いいやつだよな」

「はあ？　何それ？」

「何でもない。──今できることだったな」

んー、と考え、俺は口を開く。

「ニコさんたちが姿を消したあの街まで戻《もど》って、聞き込みし直すか？」

「さすがに危険すぎない？」

「まあ……それは確かに」

「移動するのも一つの手ではあるんだけど……冒険者ギルドに情報収集の依頼を出してるから、その結果が出るまで、もう少し待ちたいわね」

「となると、少なくとも今日はまた街で情報収集かな」

意識して心を奮い立たせ、活動を開始しようと俺たちは酒屋の外に出る。

と、そのときだった。

「──ち、違うよ！　そんなつもりじゃないって！」

「言い訳するな！　ほら、さっさと歩け！」

衛兵に小突《こづ》かれながら歩いている子供が二人。

一一、二歳《さい》くらいの男の子と、それより少し年下に見える女の子だ。兄妹《きょうだい》だろうか。

「ったく、どこから入り込みやがったんだか……。お前らみたいな奴のせいで、どんどん治安が悪くなるんだ。さっさと街の外に出て行け！」

二人の衣服は街の人間にくらべて質素で薄汚《うすよご》れている。

住人と余所《よそ》からの流れ者との間でしばしば揉め事が起こると聞いたが、それだろうか。

「……子供いじめたって仕方ないでしょうに」

呟《つぶや》いて、リュリが進み出た。

「ねえ」

「あん？」

「その子たち、こっちの連れなの。解放してくれる？」

「すみませんね、ちょっとはぐれちゃったもので」

リュリは不機嫌《ふきげん》そうに、俺は愛想《あいそ》笑《わら》いを浮《う》かべて衛兵に話しかけた。

「……助けていただいて、ありがとうございました」

衛兵を追い払《はら》うと、兄らしき少年の方が頭を下げた。

「何があったの？」

表情と口調を柔《やわ》らかくして、リュリが問いかける。

「おこられたの！　お店のおじさんと、兵士さんに！」

と、不満そうに女の子。兄が補足する。

「えっと……ボクたちはここから少し離《はな》れた村の者なんです。ここの市場に買い物をしにきました」

しかし商品を眺《なが》めていたところ、余所者の泥棒《どろぼう》かと疑われ、衛兵に引き渡《わた》されてしまったのだという。

「ああいう兵士は真相がどうとかいちいち気にしないからね。罪があろうがなかろうが、殴《なぐ》りつけて放り出せばいいと思ってる」

そういやリュリ、以前貧民街で暮らしていたころ、偉《えら》そうな衛兵に散々苛《いじ》められたとか言ってたな。

とはいえ、食い詰《つ》めた難民が盗《ぬす》みを働くというような事件もしばしば起きてるってことは耳にしたし、兵士を責めても根本的な解決にはならないのだろうが。

「あー、君たち、親ごさんは？」

「おうちにいる。街にはわたしたちだけで来たの」

女の子が答えた。

「自分たちだけでお使いにくることは初めてじゃないんですけど、今日はちょっと運が悪かったですね」

少年は大人びた口調で言って、苦笑した。

兄の方はヨゼフ、妹の方はエマというそうだ。

買い物はまだ終わっていないそうなので、俺たちは同行して手伝うことにした。

兄妹に付き合い、市場まで行き食料品を買い込む。

俺たちがついていったおかげか、今度はトラブルらしいトラブルも起こらずスムーズに買い物が済んだ。

「ありがとうございました。助かりました」

「ありがとうございました！」

二人は礼儀《れいぎ》正《ただ》しく頭を下げた。

「あんたたちの村、ここから遠いの？」

「えっと、今から出発したら日暮れくらいに着けるかなって感じです。朝のうちに買い物が終われば、街から発《た》つ行商や荷運びの馬車に乗せてもらおうと思ってたんですけど……ちょっと無理そうですね」

衛兵と揉めていたせいだな。

子供たちが荷物をもったまま歩くのも大変だろうということで、村まで送っていくことにした。

俺たちにも余裕があるわけじゃないけど、まあこのくらいの寄り道はいいだろう。

「あのね、あと少ししたら、遠いところにはたらきに行ってた大きいお兄ちゃんが、帰ってくるの。ひさしぶりに。だからね、ごちそうを作ってあげようって」

「ただちょっと今……両親は村のことで忙《いそが》しくて。そういうとき買い物に出るのはボクたちの仕事なんです」

「村のひとたち、みんなバタバタしてるよね。怖い顔でまいにち話し合いしてるし、お客さんたくさん来るし」

「お客さん？」

「剣とか槍《やり》とかもった、なんだかこわい顔した人たち！」

「軍の兵士か？」

「どうでしょう……」

ヨゼフは少し考えてから、答えた。

「違うんじゃないかなあ、と思います。例えば街の兵士さんなんかと比べると、なんだか装備がバラバラって印象ですし」

となると、冒険者とか傭兵《ようへい》？

「……あたしたちの追っ手ってわけじゃないわよね？」

リュリが囁《ささや》いた。

「多分大丈夫だと思う、けど……一応、ヤバそうな雰囲気《ふんいき》だったらすぐ逃げ出せるよう、警戒《けいかい》はしておくか」


道中は特に何事もなく、夕方ごろ目的の村に到着《とうちゃく》した。

俺たちが荷物を持ってやったおかげで、いくらか時間は短縮できたと思う。

鄙《ひな》びた農村だった。とはいえ過疎《かそ》集落というわけでもなく、おそらく百人程度の人口はあるんじゃないだろうか。

兄妹の両親からは、繰《く》り返し礼を言われた。

少し休憩《きゅうけい》するだけのはずが引き止められ、夕食もごちそうになり、一晩泊《と》まっていけばいいということで使われていない納屋《なや》を一つ貸してもらった。

「……雨降ってきたな」

「泊まらせてもらって正解だったわね」

ちなみにモンスターの生態を調べている旅の学者（俺）と、その護衛の冒険者（リュリ）ということになっている。

あんまり上手《うま》くないごまかし方な気はするけど、他に適当な身分も思いつかないし一晩だけのことだし、まあ大きな問題にはならないだろう。

寝支度《ねじたく》を調《ととの》えていると、リュリがぼそりと口を開いた。

「……ねえハルカ、あの子たちの話、覚えてる？」

「剣《けん》とか槍もったお客さんってやつか？」

今のところ、それらしい人間は見かけていないし、剣呑《けんのん》な空気も感じない。

「ちょっと思ったんだけど……あれ、反帝国勢力って可能性、あるんじゃないかな」

武装集団が継続的《けいぞくてき》に活動するには拠点が必要だ。

とくに小勢力が大勢力に抵抗《ていこう》する場合、そういう拠点をいくつも用意しておき、必要に応じて移動しながら戦うことが有効になる。

俺の世界でいうゲリラ戦術だな。

「今の段階で拠点化《きょてんか》してるってわけではないだろうけど、村全体が慌《あわ》ただしいっていうことなら、交渉《こうしょう》、あるいは脅迫《きょうはく》されてるところなのかもしれない」

「明日、もう少し深く探《さぐ》りを入れてみるか？」

村が困っているようなら交渉役《こうしょうやく》を引き受けて、接触《せっしょく》する。繋《つな》がりを作ってそこからニコさんたちをさらった勢力へ辿り着けないだろうか。迂遠《うえん》なやり方だし、そもそも反帝国勢力とは無関係だったら徒労に終わるわけだが、やってみる価値は十分にある。

——と、そのときだった。

「……人の気配」

リュリが囁いた。

もちろん、俺も気付いている。

この感じは——敵意、殺気に近いか？

(どういうことだ？)

野盗の襲撃《しゅうげき》？　それともこの村を狙《ねら》っていた反帝国勢力が、余所者である俺たちを排除《はいじょ》しようとしている？

『包囲されてるね。まだ遠巻きだけど』

頭の中に、玖音の声が響《ひび》いた。

『囲んでいるのは村の人たちだよ』

村人？　なんでだ？

『成年男性を中心に一五人。こん棒や農具で武装してる。あと――』

「来る！　あたしが食い止めるから、ハルカはいったん逃げて！」

声を上げると同時に、リュリは神具の力を解放して納屋の壁《かべ》を破壊《はかい》した。

「頼む！」

俺は外へと飛び出した。

リュリの目のないほうが力を振《ふ》るいやすいし、リュリも俺を気にせず戦えた方がいいだろう。

「一人逃げたぞ！」

「こっちだ！」

雨のカーテンの向こう側から、殺気立った声が聞こえてくる。

振り切るのは簡単だが、そうするとおそらくリュリの方に向かう人数が増える。

適度に速度を落としてこちらに引きつけるべきか、あるいは……思い切って村人たちを無力化し、リュリのフォローに向かうか？

そんなことを考えたとき――

「凍《い》てつけ！」

「うお⁉」

突然《とつぜん》足元に氷塊《ひょうかい》が発生した。

思い切り地面を蹴《け》って、横に跳躍《ちょうやく》する。

危なかった……わずかでも反応が遅《おく》れたら、足が氷漬《こおりづ》けだっただろう。

しかし安心する間もなく、頭上から氷の矢が降り注いできた。

(――村人が神具を遣《つか》うのか⁉)

俺は木立を利用して攻撃《こうげき》を避《さ》けながら、内心で驚愕《きょうがく》していた。

しかも相当な使い手だ。逃げ回るだけではやられかねない。

(気が進まないが仕方ないか。一瞬で昏倒《こんとう》させれば――)

『お兄ちゃん、相手の人よく見て!』

「――あ?」

玖音の声で思い出した。

氷を操《あやつ》るこの神具、以前に見たことがある。

夜だし悪天候だしで気付くのが遅れたが、相手も見知った顔だ。

「逃げるの諦《あきら》めた? じゃ、早めに降伏《こうふく》してね。次は当てるし命の保証もしないから」

「グレーテさん⁉」

「……………」

俺の声を聞いた相手は、目を何度か瞬《まばた》かせた。

「――え、え？　あなた、陣郷《じんごう》ギルドの……」

「九住晴夏《はるか》です」

「……………こんなところで何してんの？」

いや、こっちが聞きたい。


リュリの方もケガ人を出さない程度に手加減しつつ逃げ回ってたようだった。

グレーテの取りなしでほどなく捕り物《とりもの》は中止となり、村長の家で話し合いの場を持つことになった。

「えっと……つまり俺たちは、反乱勢力のことを探っている帝国の監察官《かんさつかん》みたいなものだと思われた？」

「そういうこと」

グレーテは肯《うなず》いた。

「あなたたち、ヨゼフとエマに『村に出入りする武装した人間』について尋《たず》ねたり、夕食のとき反帝国勢力の話題を振ったりしたでしょ？　そのせいね」

「お二人の身元はグレーテから聞いた。勘違《かんちが》いで手荒《てあら》な真似《まね》をしてすまなかった」

村長は謝罪した。

「勘違いがあったのはわかったわ」

リュリはわずかに目を細めた。

「でも、それだけじゃ説明になってないと思うんだけど。つまり、あなた方は帝国の役人が来たら、いつもああやって襲《おそ》いかかるってわけ？」

「……こちらにはこちらの事情があるのだ」

「その事情って、実際に反帝国勢力が出入りしてるってこと？　だから帝国にバレたら困るの？」

リュリの奴、容赦《ようしゃ》なく攻《せ》めるなあ。

「あー……ちょっと待って」

グレーテが仲裁《ちゅうさい》に入った。

「もうちょっと込み入った理由があるのよ。お怒《いか》りはごもっともなんだけど……ひとまず何も見なかったことにしてくれない、かな？　あなたたちだって、視察の途中《とちゅう》で暇《ひま》じゃないんでしょ？」

俺とリュリは顔を見合わせた。

このまま村を立ち去るという選択肢《せんたくし》もなくはないが……ニコさんたちの行方については

手詰まりになりかけているのも事実だ。

　もう少し話をしてみてもいいかもしれない。

「えーと……ちょっとグレーテさんと話をしたいんですけど、構わないですか？」

「構わんよ。この部屋を使うといい。わしは村の者に誤解のことを説明してこよう」

　村長はそう言って出て行った。

「……で、話って？」

「実は、俺たちの方にもトラブルが起きてまして――」

　俺はニコさん誘拐の件をかいつまんで説明した。

　三人が姿を消したこと、俺たちが濡れ衣を着せられたこと。

「………うっわぁ」

　話を聞き終えたグレーテは、そんな声を漏らして頭を抱えた。

「想像以上にひどいことが起こってた。表沙汰《おもてざた》になったら大問題じゃん、それ……」

「状況的《じょうきょうてき》に、反帝国勢力の仕業《しわざ》である可能性が高いと思ってるんですよね。ですから、もしそういうところと繋がりがあるなら、情報を教えてもらえるか、紹介《しょうかい》してもらえると助かるんですけど」

「あたしたちは村の事情には興味ない。必要なことを教えてもらえたら、すぐに立ち去るわよ」

「……………」

グレーテは考《かんが》え込む表情になり、やがて口を開いた。

「役に立つかどうかはわからないけど、話せることはある……かな。ただ、その前にやっぱりこの村については説明しておいた方がよさそうね」

俺たちが話を聞く姿勢になったのを確認《かくにん》し、続ける。

「もうわかってるかもだけど、ここ、私とフェリクスの故郷なんだよね。あんたたちが街から送ってきてくれたヨゼフとエマは、フェリクスの弟と妹」

そういえば兄が遠いところに働きに行ってるとか言ってたな。

「世の中狭《せま》いわね……」

リュリが呟いた。

「で、そのフェリクスなんだけど——あいつ、今かなり微妙《びみょう》な立場に置かれてるんだ」

「例の日本でのテロ事件関連……？」

「無関係じゃないけど……ニホンじゃなく主にこちら関連の話。——今、帝国はあまりうまくいってない。ニホン側にはあんまり知られたくないから隠《かく》してるんだろうけど、皇帝の信望はかなり低下してる」

それはこちらに来て俺《おれ》も感じている。

デムテウス帝国は民主主義じゃなく専制主義だが、それでも支持や支配力が低下すれば有力貴族や商人ギルドが非協力的になるし、最悪の場合、無理矢理《むりやり》首をすげ替《か》えられるということにもなるだろう。

「ニホンへの対応に関しては力を入れているけど、邪竜討伐後の立て直しには失敗してる。それがだんだん誤魔化《ごまか》しきれなくなってきたんだ。そもそも邪竜から民を救ってくださったのは、皇帝ではなく勇者ノイン様――そう思ってる人間も多いしね」

それは……そうなるかもなぁ。俺が言うのもなんだけど。

「そこで皇帝は、新たな施策《しさく》を打ち出した。それが勇者の権威《けんい》を利用すること」

権威の利用？

「えーと、勇者の名声と功績を利用し、周辺国に圧力を掛《か》けるようなやり方は以前から行っていたと聞いていますが？」

「それを制度として取り入れようってことね。人気を得るには、人気者を自分の陣営《じんえい》に取り込むのが効果的だから。具体的に言うと――」

グレーテは苦々しげに続けた。

「『勇者』を皇帝が認定《にんてい》する公的な称号《しょうごう》、地位として定め、功績のあるものをその座に据えようって考えやがったの。で、今それを押《お》しつけられようとしてるのがフェリクスってわけ！」

俺たちは言葉を失った。驚《おどろ》きと呆《あき》れが半々というところだろうか。

他力本願にもほどがあるだろう。

「……まあ、やり口はともかく人選については妥当《だとう》だわね」

リュリが言った。

その活躍《かつやく》は日本でも大きく報道されているし、ラグナ・ディーンでも歌や物語となって勇者ノインに次ぐ人気を博しているようだ。

「つまり、お二人が帝都《ていと》に呼び出されたのは、釈明《しゃくめい》や引責のためではなく……」

「お褒《ほ》めの言葉と、これの打診《だしん》。というか、一方的な通告ね」

私はオマケだけど、とグレーテは鼻を鳴らした。

「例のテロ――『傀儡師《くぐつし》』の件はおとがめなしってことですか」

「というより――その件を不問にするから、フェリクスは帝国所属の公認《こうにん》勇者になれって感じ」

「グレーテさんは、それに反対なわけですね。いや――グレーテさんだけじゃなく、この村全体がそうなのかな」

「正解」

グレーテはため息をついて言った。

「あいつ、小さい頃《ころ》から近隣《きんりん》の揉めごとや困りごとに首を突っ込んでは解決することで有名だったのよ。みんなの人気者だったし、冒険者《ぼうけんしゃ》になるときもニホンに行くときも、周りが後押《あとお》ししてたの。広い世界で活躍して欲《ほ》しいって思われてたんでしょうね」

「好かれてるんですね、彼《かれ》は」

羨《うらや》ましいことだ。……が、まあ、俺なんかよりは勇者に向いてるのは確かだろう。

そういう人間が自然に敬意を集め、影響力《えいきょうりょく》のある立場を得るのが理想なんだよな、本来なら。

「でも、皇帝から与《あた》えられた役割って、ただの犬よね。首輪をつけられ、不満の矢面《やおもて》に立たされるだけの。フェリクスはこの村の英雄《えいゆう》なんだ。だから、そんな立場に貶《おとし》められるのは、みんな我慢《がまん》ならない」

なるほど、話が見えてきた。

この村にはそもそも帝国に盾突《たてつ》く理由があるわけだ。

「じゃあ、出入りしている武器を持った人々というのは……」

「そういうこと」

俺たちの推測した通り、反帝国勢力。

ただし、村が乗っ取られたり利用されているわけではなく、むしろ積極的に帝国に弓引く集団と手を組んだ。

つまり――この村はもう反帝国に傾いている。

「で、その肝心《かんじん》のフェリクスはどこなの？　姿がないみたいだけど」

「まさか、帝都に囚《とら》われてるとか……？」

「いや、一緒に戻って来たけど、すぐにまた発った。あなたたちが来るのと入れ違いくらいだったかな？　ヨゼフとエマは気の毒ね」

「発ったって、どちらへ……？」

俺が問うと、グレーテは小さく片手を上げた。

「ここまでが前置き。ここからが本題。――ニコを掠《さら》った奴がわかるわけじゃないけど、私からあなたたちに提供できる情報はある。そのかわり、あなたたちも私に力を貸してほしい」

「というと？」

「さっきも言ったけど、フェリクスは今、ある目的のために村を離れている。村としては、あいつを支持し、やりたいようにやらせる方針なんだけど……私は追いかけて連れ戻すっもりなの。その手伝いを頼みたいんだ」

＊　＊　＊

遠くに山々の稜線《りょうせん》が見えている。

窓を隠した馬車で遠回りしながら連れてこられたため正確な位置はわからないが、多分、帝国《ていこく》西部の国境近くかなあ――とマリナは見当をつけた。

ここは反帝国組織『紅蓮《ぐれん》の牙《きば》』の拠点《きょてん》の一つ。

マリナとエウフェミアは、小さな小屋に見張り付きで監禁《かんきん》されていた。

豪華《ごうか》とは言えないまでも食事はちゃんと提供されているし、虜囚《りょしゅう》の待遇《たいぐう》としては悪くないのだろうが、不安と焦《あせ》りは拭《ぬぐ》いきれない。

「……ハルカさんとリュリさん、心配してるでしょうね」

「そうですねえ」

相変わらずエウフェミアは呑気《のんき》な口調で答える。

「とはいえ、あの人たちはあの人たちで最良の選択《せんたく》をするでしょう。わたしたちはこちらでできることをするしかありませんよ」

「それは、その通りですけど……」

マリナは彼女《かのじょ》のように悠然《ゆうぜん》と構えていることはできなかった。

ちなみに、道中の野営と同じくニコは別の場所へと連れて行かれたようだ。

順序としては、まずニコの居所を把握し、その後救出ということになるけど——そのための手立ては何も思いつかない。

「——失礼するよ」

と、不意に扉《とびら》が開かれ、リオネラが朗《ほが》らかな表情で中に入ってきた。

「どうだい？　何か不自由はしてないかい？」

「い、いえ、大丈夫《だいじょうぶ》です……」

「強《し》いて言えば——こんなところに閉《と》じ込《こ》められていると、体が動かせないことくらいでしょうか。修練ができないと、腕がなまってしまいます」

エウフェミアは言い、そしてにっこりと笑った。

「何なら、リオネラさんが直接修練のお相手をしてくださってても構いませんよ？」

「ミ、ミアさん……」

なんでこんな状況《じょうきょう》で挑発《ちょうはつ》するんだろう、この人。

だが、リオネラは特に気分を害した様子もなく、声を上げて笑った。

「なるほど、お嬢《じょう》ちゃんは自分の腕に自信があるんだね？　とはいえ、許可できるのは散歩くらいのもんだ。——彼女の希望もあるしね」

リオネラの背後から小柄《こがら》な人影《ひとかげ》が姿を見せた。

「ニ、ニコさん！　大丈夫でしたか？」

「手荒なことはされてない。安心して。二人も元気そうだね」

ニコは微笑んだ。

「外を歩く程度なら構わないって言われてね。せっかくだから、二人も誘《さそ》おうと思って」

「散歩というか、まあ会談だね。こっちだって、穏便《おんびん》に協力してもらいたい。ただ、今後のことについてはちゃんと同行者たちの了解《りょうかい》も得て決めたいって言うんで、あんたたちにも話に参加してもらうことにしたんだ」

と、リオネラ。

マリナにもミアにも異存はなく、外に出ることにした。

「ん――……！」

久しぶりに外の空気を吸《す》い込み、マリナは思い切り体を伸《の》ばす。

少しだけ気分が軽くなった。

住民の居なくなった廃村《はいそん》を利用して、拠点にしているようだ。

古びた家屋と、あと幾《いく》つか天幕も張られているのは、既存《きそん》の建物では足りない分を補おうとしているのだろう。

武装した兵士たちが、思い思いに過ごしている。

武器や鎧《よろい》に統一感がないのは、正規の軍隊ではない以上当然か。

総じて表情には覇気《はき》がなく、熱狂《ねっきょう》や高揚《こうよう》というものは感じられない。

(見た感じ……今すぐ戦争を始めようってわけじゃなさそう)

マリナはそんな感想を抱《いだ》いた。

「あらためて紹介しよう。これが帝国の喉笛《のどぶえ》を食いちぎる反逆の顎《あぎと》、『紅蓮の牙』だ」

規模を問わないのであれば、現在の帝国に不満を持っている集団は多いだろう。

ただし、それぞれが個々で活動していては何も変えられない。

そこでリオネラは各地を回って説得と交渉を重ね、一つの組織として統合しようと考えた。その結果できあがったのがこの『紅蓮の牙』、なのだという。

「……ま、見ての通りまだまだ寄せ集めの域を出ないし、帝国との戦力差も歴然なんだけどね。だから士気も高くない。戦わなければという決意だけじゃなく、具体的な勝ち筋を見つけたいところだね」

そこで、とリオネラはニコを見た。

「あんたの存在を活用したい」

「帝国を恨《うら》んでいる人間がたくさんいるってことはわかったけど……でも、前にも言ったとおり、私に人質《ひとじち》としての価値は無いよ？　身代金《みのしろきん》取るのは無理だと思う」

「かもね」

　リオネラはあっさりと答えた。

「あんたたちの身柄《みがら》を金と引き換《か》えるのは最初に検討したんだが、あたしはそもそもニホンとの連絡《れんらく》手段を持ってないし、そっちの常識やものの考え方も知らない以上、効果的な交渉ができるかどうかは怪《あや》しい。だから方針を変える。――ニコ、あんた、ニホンであたしたちの宣伝役になってくれないか？」

「宣伝役？」

「そもそもあたしたちの敵はあくまで帝国なんだ。異世界の未知の国まで敵に回したいとは思っていない。味方が増やせるならその方が望ましい」

「具体的にはどうすれば？」

「しばらくの間あたしたちに同行して、こちらの世界の裏側、綺麗事《きれいごと》で覆《おお》い隠せない部分まで見てもらう。そこで目にした真実をニホンで広めて欲しい。結果的にはそれが帝国の評価を落とすことに繋がるはずだから」

「…………」

ニコは考え込む表情になった。

ややあってから、顔を上げる。

「ちなみに……断ったらどうなるのかな？」

「あんたたちの扱《あつか》いは現状のまま。また別のやり方を考えるさ。そのかわり、協力してくれるなら仲間として扱い、こっちの不利益にならない範囲《はんい》で自由を認める」

「私さえいればいいんだよね？　護衛の二人は解放して家に帰してくれるの？」

「いいえ」

拒否《きょひ》の声はエウフェミアから上がった。

「ダメですよ。それは受け入れません。わたしたちはニコさんの護衛を任されていますし、その役目を放《ほう》り出してしまえばハルカさんにも申し訳が立ちませんから」

「そ、そうですよ！」

マリナも同意した。

怖《こわ》くないといえば嘘《うそ》になるが、自分だけ助かるという選択はありえない。

「ニコさんのことを置いていくわけにはいかないです！」

「でも……」

「ニコが協力的なら、護衛の二人の安全も保証するよ」

リオネラは言った。

「そもそもさ、もっと準備を整え戦力差を埋《う》めないと帝国とは勝負にもならないんだ。今すぐ戦が始まるってわけじゃないし、危険もそれほどない。ま、これに関しちゃ確実に保証できるわけじゃないけどね」

だとしたら、身代金のための人質よりはずっとマシな気はする、とマリナは思った。

将来的には穏当《おんとう》に解放されると期待してもいいのではないだろうか。

もちろん、決定権はニコにあるわけだけど。

「ちょっと私たち三人だけで相談させてもらってもいい？」

「ああ、もちろん。だったらあたしは少し離れて――」

と、そのとき、一人の兵士が駆《か》け寄ってきた。

「おお、頭領！　こっちだったか！」

「どうした？　何かあったのかい？」

「客人だよ、客人！　あんたに！」

「……客が来たのはわかったけどさ」

リオネラは怪訝《けげん》そうに眉《まゆ》を寄せた。

「なにを興奮してるんだい？　皇帝陛下《こうてい》が頭下げに来た、みたいな勢いじゃないか」

「いや……ある意味皇帝より人気者かもな。あんたの古い知り合いだと言うんだが、その男がなんとなんと――！」

「あ、僕《ぼく》が直接お話しますよ。ご無沙汰《ぶさた》してます、リオネラさん」

涼《すず》やかな声とともに、男が一人姿を現した。

マリナとニコ、そして珍《めずら》しいことにエウフェミアまでもが軽く目を見張った。

馴染《なじ》みのある顔だったのだ。

「おお！　来てくれたんだね！　手を貸してくれる気になったのかい？」

「ええ、実は僕の方にも少し事情ができまして――」

そこで彼はこちらに気付いたようだった。

「あれ？　皆《みな》さん、こんなところで何をしているんです？」

A級冒険者にして次代の勇者と名高い剣士《けんし》――フェリクスは不思議そうに首を傾《かし》げた。

＊＊＊

「えっと、つまりグレーテさんは……反帝国勢力に関《かか》わろうとしているフェリクスさんを連《つ》れ戻《もど》したいと」

一夜明けた後、俺たちは村で小さな馬車を借りて街道《かいどう》を進んでいた。

御者《ぎょしゃ》はリュリに任せて、俺はグレーテから詳《くわ》しい事情を確認している。

「そう。──といっても、フェリクスが神具の力を使ってたら、かなり先行されているはずだけどね」

「フェリクスさんがその組織、『紅蓮の牙』のところに向かったというのは、確かな情報なんですか？」

「本人がそう言ってたから。実は私たちの旧知の人間が、そこのリーダーなんだ。リオネラっていってね、私とフェリクスが駆け出しだったときに、冒険者の先輩《せんぱい》として色々教えてくれた。いい人ではあったんだけど……」

「過去形ですか？」

グレーテは少し沈黙《ちんもく》し、そして口を開いた。

「しばらく会ってないから、今のことは詳しく知らない。でも、変わってしまった部分はあると思う。反帝国活動に身を投じたのも、家族を亡《な》くしたからだって聞いたし」

そのリオネラなる人物から、少し前に手紙をもらっていたそうだ。

『紅蓮の牙』の活動に手を貸して欲しいという内容だった。

『あんたたちがいれば心強いし、仲間も集めやすくなる』って。そのときはすでに日本行きが決まっていたから断ったんだけど……」

「フェリクスさんとしては、帝国の駒《こま》にされるような扱いが気に食わず、だから反帝国勢力に身を投じてやる！ってわけですか？」

「あ、それは多分違《ちが》う。勇者の称号というか……そう呼ばれるに足ると認められたことは、素直《すなお》に喜んでたよ。基本的にあらゆる物事を好意的に受け取るし、人助けが趣味《しゅみ》みたいな奴《やつ》だし」

あー、確かにそういうタイプの人間かもな。

「ただ、あいつ……ネフィとテオの件をまだ引きずってるんだ」

日本で起きた、反帝国主義者によるテロ事件。

犯人はネフィとテオというエルフの姉弟《してい》であり、その二人はフェリクス、グレーテとパーティを組んでいた。

「あなたは直接の被害者《ひがいしゃ》だし、同情的にはなれないと思う。もしかしたら話も聞きたくないかもしれないけど……」

「いえ、構わないですよ。続けてください」

あの事件を引き起こした責任は俺にもある。

ある意味、俺があの二人を作り出したとも言えるのだ。

「なぜあんなことをしたんだろう、なぜ自分は二人の心情に気付けなかったんだろう、ってよくこぼしてた。長い付き合いだけど、過去一、二を争うくらい落ち込んでたね」

「同じ村の出身ってことは、もう生まれたときからの？」

「そ。姉と弟みたいなもんね。歳《とし》は私の方が一つ下なんだけれど、実質、面倒見《めんどうみ》てるのは私の方だし。あいつは一見しっかりしてるようで、実は抜《ぬ》けてる部分もあって、目が離《はな》せないというか――」

そこで我に返ったように口を閉じ、あ、いや、今はいいか……と言ってグレーテは話を再開する。

「あなたも知っての通り、私たちは帝都へ出頭を命じられ、公認勇者の話を持ちかけられた。そのときフェリクスは要求したんだ。『帝国に身柄を押さえられているテオと話したい。あの事件のことを詳しく教えて欲しい』って」

「教えてもらえたんですか？」

「ダメだった。面会も拒否された」

しかし、フェリクスは諦めなかった。

「テオがダメなら、国元に送り返されたネフィの方に会いに行くって言い出したの。『やっぱりどうしても話を聞きたい、どうしてあんなことをしたのか知りたい』って」

しかし、ネフィたちの祖国であるクラーナ王国と帝国の関係はあまり良くない。

現状、正規の方法で入国するのは難しいだろう。

しかし、反帝国勢力を率い、各地の同志と連絡を取り合っているリオネラなら独自のルートを持っている可能性が高い。

それで、フェリクスは彼女を頼《たよ》ることにした。

「でも、フェリクスは今、良くも悪くも注目を集めてる人間なんだ。反帝国勢力の手を借り、帝国と揉《も》めている国に行くなんてことが知れたら、どうなるかわからない」

それどころかあの男の性格なら、頼《たの》まれれば反帝国活動にためらいなく手を貸してしまうような事態すら起こりうるんじゃないか？

勇者認定した人間にそんな真似をされたら、帝国も面目丸潰《めんぼくまるつぶ》れだろう。見過ごすとは考えられない。

「だから、私は全力で反対したの」

「それはそれで正しい判断だとは思いますけど……で、決裂《けつれつ》したわけですか」

「向こうも聞き分けがなくてね。ケンカになって、じゃあ、好きにしなよ！って私が言って、それっきり……。ほんと、頑固《がんこ》なんだから！」

言葉だけは苛立《いらだ》たしげだったが、声にはどこか力がないように感じられた。

「突《つ》き放《はな》さず、その場で襟首《えりくび》掴《つか》んで引き止めればよかったのに。後になってやっぱり連れ戻したくなったから追いかける！って、みっともなくない？」

リュリが御者台《ぎょしゃだい》から剛速球《ごうそっきゅう》を投《な》げ込んだ。

「あー、はいはい、みっともないですよ。自分でも十分わかってるっての！　――でも、時を戻せるわけじゃないし、間に合うかもしれないうちに行動しないと絶対後悔《こうかい》するって思ったの！」

「グレーテさんは、彼の事が本当に大切なんですね」

「――そ、そういうわけじゃないって！」

グレーテは顔を真っ赤にした。

「だって、しょうがないでしょ！　あいつ、私が居ないと危なっかしくて見てらんないんだから！　際限なく他人事に首突っ込んで面倒《めんどう》を背負《せお》い込んで……」

そこで不意に言葉を切り、大きくため息をつく。

「……もっと危険のない、穏《おだ》やかな生き方をしてもいいのに」

突出《とっしゅつ》した存在は、多かれ少なかれ周囲の人間を巻き込むものであるらしい。

グレーテには同情するけど――それはそれとして、話を先に進めなければならない。

「で、俺たちは何を手伝えばいいんですか？」

「二人はネフィとテオの起こしたあの事件に関わっていて、特にハルカは被害者でしょう？　フェリクスの説得を手伝ってほしいの。あいつがあの事件に責任を感じている以上、あなたの言葉は影響力を持つはずだから」

説得か……。

「結果までは保証できませんよ？」

「構わないよ。――代わりに私は、あなたたちの便宜《べんぎ》を図《はか》る。護衛として戦うし、仮に手配書なんかが回ってて怪しまれたときも、Ａ級冒険者の名において身の証を立ててあげる。あと……もしニコたちを掠ったのが反帝国系の組織なら、『紅蓮の牙』が情報を持ってるかもしれない」

「そうですね……。確かにそれならお互《たが》い協力するメリットがあります。――リュリ、どう思う？」

「異存ないわよ」

御者台からはそう答えが返ってきた。

「なら、決まりね。このまま街道を直進して、『紅蓮の牙』の拠点を目指しましょう」

相変わらず先行き不透明《ふとうめい》だが、闇雲《やみくも》に走り回るよりはずっとマシだろう。

いっそ、ニコさんたちを掠ったのが、その『紅蓮の牙』だったりしたら、話は早いんだけどな。

＊　＊　＊

相談した結果、マリナたち三人はしばらくの間『紅蓮の牙』と行動を共にすることになった。

「現状、ニコさんにとってはそれが一番安全でしょう」

エウフェミアはそう判断したようだ。

「わたしたちは常に周囲に気を払《はら》い、情報を集める。いつどんなことが起きてもすぐに動けるよう、備えておくこと。いいですね？」

「は、はい」

マリナは肯いた。

そんなわけで二人は拠点を見て回り、必要があれば兵たちにも話しかけ情報収集に励《はげ》むことにした。

フェリクスの口添《くちぞ》えもあり、二人にもある程度の自由が許されている。

とはいえ、基本的にニコとは引き離されたままだし、うかつな行動ができないことは変わりないのだが。

「……ちょっと空気が変わったような気がしますね」

マリナはそんな感想を抱いた。

自分たちが連れて来られた頃、兵士たちは硬《かた》い表情をしていたが、今は少し明るく前向きになっているような印象がある。

「フェリクスさんの存在が大きいんでしょうね」

エウフェミアも肯いた。

「やっぱり影響力、すごいんだなあ。まあ、みんなで暗い顔しているよりはいいと思うけど……」

「そうでしょうか？」

「……え？　どういう意味です？」

マリナの疑問にエウフェミアが何か答えようとしたとき、前方から剣《けん》を打ち合わせるような音が聞こえてきた。

「はい、右脇が甘《あま》い」

話題のフェリクスが、自身より一回り大きな男を相手に戦闘《せんとう》訓練をしているようだ。

周囲を兵たちが取り囲み、歓声《かんせい》や野次《やじ》を飛ばしている。

「そこで体勢を崩《くず》されると、立て直すのが難しくなりますよ。あとは手順通り追い詰《つ》めていけば――」

数合の応酬《おうしゅう》の後、甲高《かんだか》い金属音とともに一方の剣が跳《は》ね上がって地面に落ちた。

「こうなります」

「……参った、降参だ」

大男が両手を挙げた。

「すげえ！　隊長までやられちまった！」

「これで一五人抜きだぜ!?　信じられねえ！」

「さすがフェリクス！　勇者の後継者《こうけいしゃ》だ！」

次々に賞賛の言葉が浴びせられる。

フェリクスは少し居心地《いごこち》悪そうな微笑《びしょう》を浮《う》かべつつ、片手を挙げて声に応《こた》えた。

「……すごいですね。フェリクスさん」

ええ、そうですね、と同意し、そしてエウフェミアは何事かブツブツ呟《つぶや》き始めた。

「うーん、うずうずするなあ……。今はできるだけ実力も手の内も隠しておいた方が得策なんですけど……でも、ちょっとだけ、ちょっとだけなら……」

何か不穏《ふおん》なものを感じるけど、大丈夫かな？

マリナがそんなことを考えたとき、小さくどよめきが起こった。

リオネラが姿を現し、ゆっくりとフェリクスに歩み寄っていったのだ。

「やるじゃないか。もうひよっ子とは呼べないね」

「いえ、まだまだですよ」

「謙遜《けんそん》することないさ。――どれ、成長を確かめてやろうかね」

一見のんびりとした、しかしまったく隙《すき》のない所作でリオネラは剣を手に取った。

おお、頭領がやる気だぞ、と周囲から声が上がる。

「これでも結構疲《つか》れてるんですけど……でも久しぶりに稽古《けいこ》を付けてもらえるとなれば、弱音を吐《は》いていられませんね。お相手願いますよ、先生」

二人は剣を構えて向き合った。

お互い得物は刃《やいば》を潰《つぶ》した練習用の長剣《ちょうけん》。

しかし、まるで真剣《しんけん》勝負のように空気が張り詰めて行く。

やがて――

「はっ！」

地面の上を滑《すべ》るような足取りで踏《ふ》み込み、フェリクスが突きを放った。

リオネラは絶妙《ぜつみょう》な角度で剣をかざし、その力を逸《そ》らす。

もちろん、次期勇者とも言われるA級冒険者の攻撃《こうげき》はそれで終わらなかった。

なぎ払い、斬《き》り上げ、叩《たた》きつけ、また突き込む。

刃と刃のぶつかる音が連鎖《れんさ》し、ひとつながりの楽曲のように響《ひび》き渡《わた》る。

フェリクスは目を見張るような猛攻《もうこう》を仕掛《しか》け続けているが、しかし驚くべきはそれらをさばいてのけるリオネラの技量であったかもしれない。

マリナの目には白い閃光《せんこう》としか見えない斬撃を、全《すべ》て弾《はじ》き返している。

――と見ている間に、攻守《こうしゅ》が入れ替わった。

リオネラがフェリクスの攻撃をがっちりと受け押し返すと、大上段から剣を力強く振《ふ》り下ろしたのだ。

真剣ならば人体をあっさり両断する威力《いりょく》があっただろうその一撃《いちげき》を、フェリクスは半身になることで鮮《あざ》やかに回避《かいひ》した。

だが攻《せ》めに転じることはできない。想像を超《こ》える速度で引き戻されたリオネラの剣が、間髪《かんはつ》をいれず再度振《ふ》り下ろされたのだ。

並の使い手であれば、空振《からぶ》りは相手の反撃《はんげき》を呼び込む大きな隙となる。

しかし彼女はその卓抜《たくばつ》した膂力《りょりょく》と技術によって、全く反攻《はんこう》を許さない連撃を繰《く》り出していた。

それぞれの剣風をあえて分類すると、フェリクスは柔軟《じゅうなん》かつ華麗《かれい》、リオネラは豪快《ごうかい》かつ無骨ということになるだろうか。

対照的な二人の打ち合いだったが、容易に均衡《きんこう》は崩れず、激しいながらもまるで舞踏《ぶとう》のような美しさを見る者に感じさせた。

（す、すごいなあ……）

マリナはただただ感嘆《かんたん》しながら二人の戦いを見守っている。

自分ならどのように攻めるか、どのように受けるか、頭の中で思《おも》い描《えが》いてみるのだが、攻守どちらの立場に回ったとしても全く対応できる気がしなかった。

そして——永遠に続くかと思われた攻防《こうぼう》にも、ついに終わりが訪《おとず》れた。

「そおら！」

気合いと共に力強く振り下ろされるリオネラの一撃。

その剣の側面を、小さな呼気と共に繰り出されたフェリクスの刃が捉《とら》えていた。

鈍《にぶ》い金属音とともにリオネラの剣が折れ飛んだ。

勝負あったか——そう誰《だれ》もが思う。

次の瞬間《しゅんかん》——

「ぐっ⁉」

フェリクスは小さな苦鳴をあげ、剣を取り落とした。

半分の長さになった剣を手放したリオネラが、手首の関節を極《き》めようとしたのだ。驚くべき判断の速さだった。

しかし制圧される寸前、フェリクスは鋭《するど》い蹴《け》りを飛ばした。

やむを得ず手を放し、リオネラは後方に大きく跳躍《ちょうやく》して距離《きょり》を取る。

「……ま、こんなところかね」

「引き分けですね。──うーん、剣を折ったときは、完全に一本取れたと思ったんだけどなあ」

「甘さが抜けてないあたり、相変わらずだね、あんたは。勝てると思った瞬間、少し気を緩《ゆる》めたろう？」

フェリクスは、ははは、と気まずそうに笑い、頭をかいた。

「──おや」

リオネラと連れだって戻って来たフェリクスは、マリナとエウフェミアの姿を見つけて軽く手を上げた。

「君たちも見ていたんだね」

「す、凄《すご》かったです、お二人とも！」

「そうですね。わたしも少々興奮してしまいました」

「その、達人同士の戦いって、見ているだけで感動するんですね！　ああ、私もあれぐらい強くなれたらなあ……」

「ありがとう。何かの参考にでもなれば幸いだよ」

フェリクスはにこりと笑った。

「そんな、参考だなんて……あまりにもレベルが違いすぎて……」

「なんだい、弱気だね。強くなりたいなら、自信過剰《かじょう》なくらいでいいんだよ」

とリオネラ。

「あんたは体格にも恵《めぐ》まれてるし、素質はあると思うけどね。――そうそう、今日の夕食はニコと取るつもりなんだけど、あんたたちもどうだい？」

「――うん、丁重《ていちょう》に扱ってもらってるよ。外出は制限されているけどね」

数日ぶりに顔を合わせたニコはそう言って笑った。

少し疲れは見えるが、体調は悪くなさそうだ。

リオネラの寝起《ねお》きする小さな家に、ニコ、エウフェミア、マリナ、そしてフェリクスの五人が集まって夕食を取っている。

「あ……おいしい」

マリナは思わず言葉を漏《も》らしていた。

「本当ですね。柔《やわ》らかく、獣臭《けものくさ》さがない」

エウフェミアも賛同する。

献立《こんだて》は肉の煮込《にこ》みと固いパン。

豪奢《ごうしゃ》とは言えないが量は十分にあるし、味も立派なモノだった。

「口に合って何より。この間、森の方で大きなイノシシが捕《と》れたもんでね」

リオネラは頬《ほお》を緩めた。

「獲《と》れたらすぐに血を処理すること、香草《こうそう》を惜《お》しみなく使うこと、骨ごと時間をかけて煮《に》こむこと――幾つかのコツを押《お》さえるだけで、かなり違うもんだよ」

「お料理、得意なんですか？」

マリナは尋《たず》ねた。

「冒険者として山野を駆け回ってると、食事に凝《こ》るくらいしか楽しみがないからね。工夫《くふう》してるうちに身についたって感じかな」

「駆け出しのころ、リオネラさんにはそれはそれは厳しくしごかれましたけど、訓練後の食事だけは楽しみだったんですよ。気絶しそうなくらい疲れてても、それを忘れて腹に詰め込んだもんです」

フェリクスがしみじみとした口調で言った。

「食わないと体が作れないからね。でも――あたし、そんなに厳しくしたかな？」

「厳しかったですよ。グレーテなんて何度も逃《に》げだそうとしてたのを、毎回僕が説得してましたし」

「懐《なつ》かしいね。あの子も元気でやってるのかい？」

「まあ……元気は元気ですよ」

そう笑うフェリクスの表情に、少し複雑な何かがあったような気がした。

錯覚《さっかく》だろうか？

「冒険者《ぼうけんしゃ》って、駆け出しのころは一人の師匠《ししょう》について修行《しゅぎょう》するのが普通《ふつう》なの？　ミアちゃんやマリナちゃんもそうだった？」

「わたしはほぼ独学独習でした」

「えっと、私は……亡くなったお父さんが衛兵の仕事をしてたので、その同僚《どうりょう》の人たちに基本的な知識とか、剣術《けんじゅつ》とかを教わりました。誰か特定の一人にってことは、なかったですね」

「邪竜侵攻《じゃりゅうしんこう》のときに冒険者の育成体制も維持《いじ》できなくなりましたから、最近の子は誰かに弟子《でし》入りした経験がないことも多いでしょうね。もっとも、経験豊かな先輩とパーティを組む機会が減ったわけではないですし、その際に色々教わることはできると思います」

となると、今はリュリやエウフェミアが自分の師匠と言えるわけだ。

「時代は移り変わるんだねぇ」

リオネラは年寄り臭《くさ》いことを言った。

「そもそも、今やあんたとグレーテがA級なんだしね。月日の経《た》つのは早いもんだ」

そこで会話が途切《とぎ》れ、短い沈黙が降りる。

器を手に持ったまま、ニコは少し表情を改めて口を開いた。

「それで……結局、フェリクスくんは、『紅蓮の牙』に協力することにしたの？」

「ええ、当面は」

「それは反帝国という理念に共感したから？」

問われて、フェリクスは少し困ったように眉を寄せた。

「否定も肯定《こうてい》もし辛《づら》いですね。決して争いを望んでいるわけではないんですが……ただ、僕の方にも少々事情がありまして」

「まあ、取引だね。お互いに利益があったってことさ。『紅蓮の牙』もまだできて日の浅い集団だ。決して一枚岩じゃなく、裏切り者や間諜《かんちょう》がどこに潜《ひそ》んでいるかもわからない。信頼《しんらい》できる戦力は貴重なんでね」

と、リオネラ。

「あんたたちも、戦力として手を貸してくれるなら歓迎《かんげい》するよ？　待遇《たいぐう》のさらなる改善を検討してもいい」

「わたしたちはまず、ニコさんの護衛がお仕事ですから」

エウフェミアはやんわりと拒否した。

そうですね、とマリナも内心で同意しておく。

自分の役目をおろそかにするわけにはいかない。

ここに居ないリュリの分も、ちゃんと頑張《がんば》らないと。

「でも、そうすると……フェリクスくんはもう日本には戻ってこない可能性もあるわけだよね？　君は帝国《ていこく》だけじゃなく、日本からも十分に評価されていたと思うんだけど」

「戻れない、かもしれないですね……。もちろん、ニホンのことは好きですし、あちらでもっとお役に立ちたい気持ちはあります。でも、僕にはこちらでやらなければいけないことがありますから」

「当面は兵士たちの訓練相手でもしてもらおうかね」

マリナは先ほどの訓練風景を思い出した。

フェリクスはあっというまに自分の居場所を作りあげ、兵士たちの敬意を獲得《かくとく》してしまったようだ。

多分、この人くらいのレベルになれば、どこにいても人々に頼られ、その力になることができるのだろう。

いつか自分もそのくらいの存在になりたいとマリナは思う。

「そういえば、フェリクスさんが来てから皆さんの表情も一変し、気力の充実《じゅうじつ》と戦意の高揚が感じられるようになりました。この雰囲気《ふんいき》なら『紅蓮《ぐれん》の牙《きば》』も、いよいよ積極的に活動を開始できるかもしれませんね」

穏やかに言うエウフェミアにそうですよね、と肯《うなず》きかけ――

（……あれ？）

そこでマリナは少しひっかかりを覚えた。

この変化は……果たして歓迎していいものなのだろうか？

（えっと……これまでは、帝国軍との戦力差が大きくて、とても勝負にならなくて、だから身動きが取れなかったんだよね？　でも、そこにフェリクスさんが加わって――）

そう、名の知れた『勇者の名を継《つ》ぐ者』が合流し、その腕前《うでまえ》を披露《ひろう》してみせたことで士気が大きく上がったのだ。

もしかしたら帝国と勝負できるか？　なんて皆が思ってしまうくらい。

（つまり、遠い目標だった帝国打倒《ていこくだとう》が、実現可能なくらい近くに見えちゃって……じゃあ、いよいよ行動開始するかってみんなが思うようになって……）

そして、殺すか殺されるかの止まれない道を走り出そうとしている。

——それは、この人たちにとって本当に良いことなのだろうか？

多くの犠牲《ぎせい》が出ることは、確実なのに。

「どうした？　もう、腹一杯《はらいっぱい》なのかい？」

「あ、い、いえ……」

マリナはごまかした。

「私、食べたら食べただけ、太ってしまうんです。だから少し控《ひか》えめにした方がいいのかな、とか考えてて……」

「たくさん食べられるとか、食べただけ大きくなれるってのも才能だよ。食べた分しっかり動けば、それが血肉になる」

「そう、なんですか？」

「要は強くなれる体質ってことさね。誇《ほこ》りなよ」

リオネラは豪快に笑った。

「……リオネラさんって、なんだかお母さんみたいですね」

思わずそんな言葉が口を突いて出ていた。

「おや、そんな歳じゃないつもりだけど」

「あ……い、いえ、もちろん、年齢的《ねんれいてき》な意味じゃないです！　面倒見がいいというか、安心するというか……」

「マリナ、あんた家族は？」

「え？　えっと、居ます。今は、帝都《ていと》の郊外《こうがい》の方に……」

今回、こんな事件に巻き込《こ》まれなければ、会えるはずだったのだけど。

「あんた見てると、いい家でいい育ち方したんだと思うよ。家族は大切にしなね」

「は、はい……。あの、リオネラさんは、ご家族は？」

「旦那《だんな》と娘《むすめ》が居たよ」

「え……」

『居た』と過去形になっているのは……つまり。

リオネラは小さく肩《かた》をすくめる。

「家族を大切にってのは、あたしの経験から出た言葉でもあるわけでね。――ほら、気まずい空気にするんじゃないよ。おかわりよそってやるから、しっかり食べな!」

＊＊＊

「貫《つらぬ》け、氷槍《ひょうそう》」

グレーテが声を上げる。

その瞬間、巨大熊《きょだいぐま》からつらら状の氷塊《ひょうかい》が生えた。

いや、正確には――その体内から、内蔵と表皮を貫通《かんつう》して無数のつららが飛び出してきたのだ。

モンスターは血を吐き手足をばたつかせたが、すぐに動かなくなった。

グレーテの持つ神具――氷を操《あやつ》る魔杖《まじょう》《氷樹《ひょうじゅ》》の力だ。

「――ほら、こいつ、見ての通り毛皮が分厚くて耐久力《たいきゅうりょく》があるでしょ? 外側から攻めると手間が掛《か》かるから、内側から仕留めるってわけ」

こともなげに言うが、遠距離《えんきょり》から神具の力を他者の体内で正確に発動させるのは、かなりの高等技術のはずである。

「……見事なものね。さすがA級」

リュリが感嘆した。

少し悔《くや》しそうなのは、負けず嫌《ぎら》いな性格のあらわれか。

「経験積んでるからね」

グレーテは当然のことのように答えた。

邪竜《じゃりゅう》の脅威《きょうい》にさらされていたころほどではないものの、人里離れた山や森ではモンスターに襲《おそ》われることがそこそこある。

しかし、そのほとんどをグレーテが一人で片付けてくれた。

「疲労《ひろう》は大丈夫《だいじょうぶ》ですか？」

「少し回り道になるけど、ここからなら帝都に立ち寄って補給や休憩《きゅうけい》ができるわよ。どうする、グレーテ？」

「んー……」

グレーテは少し考え、口を開いた。

「魅力的《みりょくてき》だけど、あなたたちが手配されてるかもってリスクがあるのと、できれば時間を節約したいな。先を急ぎましょ」

俺《おれ》たちは現在、『紅蓮の牙』の拠点《きょてん》を目指し、馬車で街道を西に進んでいる。

すがすがしい晴天と、穏やかなそよ風。

忌々《いまいま》しい事件に巻きこまれてなければ、のんびり旅を楽しめたんだろうな。

「――グレーテさんは、冒険者として長いんですか？」

「えーと……冒険者を志してフェリクスと一緒《いっしょ》に村を出たのは、五、六年くらい前になるかな？」

「まだ邪竜が暴れてたころですよね？」

「そーそー。邪竜は勇者ノイン様によって倒《たお》されたわけだけど、その後も混乱は続いたし何かと冒険者の需要《じゅよう》はあったんだよね。んで、最初に入れてもらったのがリオネラさんのパーティ。基本的なことは全部彼女《かのじょ》に叩き込まれた」

「師匠だったわけですか」

「アレは師匠じゃなくて鬼《おに》か悪魔《あくま》っていうのよ」

思い切り顔をしかめるグレーテ。

「日々の訓練がもうきついのなんのって。戦闘訓練ではボッコボコにされるし、あと不眠《ふみん》不休《ふきゅう》で動く訓練とか、腐敗《ふはい》して鼻がもげそうな臭いになってる大型獣《じゅう》の解体訓練とか、毒への耐性《たいせい》訓練とか……あとモンスターや野草、天候、地理、その他の知識の詰め込みなんかも。私はもう、どうやって逃げ出すかしか考えてなかったな」

「フェリクスさんも一緒に訓練を受けてたんですよね？　彼《かれ》も同じような感じに？」

あの太陽みたいな爽《さわ》やか好青年が泥《どろ》まみれでへばってるところというのは、今ひとつ想像できないが。

「あいつはあいつで、どっかおかしいからなあ……。そりゃ私と同じくぶっ倒れるまでいじめ抜かれるんだけど、すごく嬉《うれ》しそうに気絶してたからね」

「……いじめられて喜ぶタイプなの、あの人？」

リュリの問いに、場合によってはね、と真顔でグレーテは答えた。

「それが必要だと思ったら、どんなことでも受け容《い》れちゃうのよ。『この疲労も痛みも僕《ぼく》たちの成長には必要なんだ！』とか言ってた。――だとしても、限度があるでしょうに」

そりゃまあ、リオネラさんの教えが間違《まちが》ってたわけじゃないし、そのとき身につけた技能に救われたこともあるけどさー、などとグレーテはぼやいている。

「そしてその後、その最初のパーティから独立して、日本へ来ることになったんですね」

「あ、パーティを抜けたのはもう少し前ね。リオネラさんが冒険者を引退したから」

「引退？」

「結婚《けっこん》したのよ。相手は彼女が助けたニホン人だった。リオネラさんとは正反対の穏やかな人で、私たちもよくニホンの話を聞かせてもらったよ。ニホン行きの話が出たとき志願したのは、そこで興味を持ったって理由もあるかな」

「そんな人が、今は反帝国組織の頭領ですか。家族を亡《な》くしたって、この前、聞きましたけど……」

グレーテはわずかに眉《まゆ》を曇《くも》らせた。

「その場にいたわけじゃないから、詳《くわ》しいことはわからない。ただ、帝国軍が国境付近の揉《も》め事《ごと》を鎮圧《ちんあつ》しようと出張ってきたとき巻き込まれて旦那さんと子供を殺されたって――

そんな噂《うわさ》は耳にした」

それは、まあ……帝国を恨《うら》むだろうなあ。

どんな人物なんだろう。

交渉《こうしょう》して情報を得なければならない以上、憎悪《ぞうお》に取り憑《つ》かれて人の話に耳を貸さないってタイプだと少々困ったことになるが……

「――あれ？」

そのとき、御者《ぎょしゃ》を務めていたリュリが小さく声を上げた。

「ごめん、止めるわよ」

「どうした？」

「ん……ちょっと、ね……」

猫耳《ねこみみ》をひくひくと動かして周囲の様子を確認《かくにん》。

　そして馬車から降りると、周辺の地面を探《さぐ》り始める。

「——やっぱりだ。まとまった数の人と馬が通った形跡《けいせき》がある。それもつい最近」

「隊商かしら？」

「確証はないけど……違《ちが》うような気がする。鉄の臭いが強いし、それに街道《かいどう》を逸れて左手の森の奥《おく》に向かってるみたい」

「武装集団ってことか？」

「多分。——『紅蓮の牙』の拠点って、この近くなの？」

「いえ、も少し先のはずだけど。多分、急いでもあと二、三日はかかる。——といっても、拠点なんて複数あるだろうし、リオネラさんがずっと一か所に留《とど》まってるって保証も無いしなあ」

　入れ違いになるのは避《さ》けたいところだ。

　もちろん野盗の一味だったりする可能性もあるわけだけど……

「……いいわ、二人はここで待ってて。あたしがちょっと探ってくる」

「一人で大丈夫か？」

「誰に言ってんの」

　軽い口調でそう言い残し、リュリは偵察《ていさつ》に出て行った。

俺とグレーテは木陰《こかげ》に腰《こし》を下ろし、ひと息入れることにした。

「――あの子なら心配ないと思うわよ。腕《うで》も判断能力も確かだし神具も遣《つか》えるんだから、滅多《めった》な失敗はしないでしょ」

「そう、ですね……」

ここまで二人の冒険者は、完璧《かんぺき》に護衛の役割を果たしてくれている。

冒険者の質というのは俺が活動していた頃《ころ》からピンキリだったが、リュリとグレーテは間違い無《な》く上澄《うわず》みの部類に属するだろう。

（俺は楽できるけど……何となく申し訳なくなるなぁ）

勇者であったという過去を隠《かく》しギルド職員の一般人《いっぱんじん》としてこちらの世界に来ている都合上、俺はあくまで守られる立場でいなければならない。

庇護《ひご》され続けるという経験がほとんどないものだから、逆に気疲《きづか》れする。

「グレーテさんとフェリクスさんは、こういう護衛任務も経験豊富なんですか？」

「ん、割となんでもこなしてきたから。フェリクスは仕事の選《よ》り好《この》みしなかったし、本人も何でもできる人間だったしね」

まあ、そのあたりのことは日本でも有名だったな。

「でも、それでも、彼のことが心配なんですね。彼だったら、クラーナ王国に渡りネフィさんに会ってあっさり帰ってくるくらい、鼻歌交じりで軽くやっちゃいそうな気もするんですけど」

「………………」

軽口のつもりだったが、グレーテは水筒《すいとう》を口に運ぶ手をぴたりと止めた。

ゆっくりと俺に視線を向ける。

あ、まずい。何か地雷《じらい》を踏んだ気配。

「ハルカは勇者ノインの話って知ってる？」

「……え？」

「ニホンではあまり語られないし、知ってる人も少ないって聞いたことあるけど、あなたはしばらくの間、こっちの世界にいたんだよね？」

「あー……一応、知ってはいます。有名でしたからね」

この世界——ラグナ・ディーンを邪竜ナーヴから救った勇者ノインの冒険譚《ぼうけんたん》。

広まっている物語には誇張《こちょう》や脚色《きゃくしょく》が多いものの、大本のエピソードは俺の実体験なので知らないと言えばウソになる。

「有名というのは間違いじゃないけど——ただ、その言葉では、勇者ノインの名前が持つ意味ってのは、伝わりにくいかもね」

「うん。単に有名ってだけじゃなく……こちらの世界でその名は『希望』や『救済』と同義なの。邪竜が倒されて以降、今に至るまでね。大人も子供も憧《あこが》れと尊敬の念を抱《いだ》き、どの国のどんな王様より人々に慕《した》われている。それが勇者ノイン」

「意味、ですか？」

──おや、と俺はわずかに眉を寄せた。

グレーテの声には少しばかり皮肉な響きが含《ふく》まれていたような気がしたのだ。

「もしかして、グレーテさん自身はあまり勇者を良く思っていない？」

「別にそんなことはないけど。私たちが救われたのは事実だし」

ただ──と言って少し考え、彼女は言葉を続ける。

「『勇者』という称号《しょうごう》は、大きく重くなりすぎている気がする。その点に関しては、あまりいいことだと思えない」

「そういえば、フェリクスさんは『勇者の名を継ぐもの』なんて言われてますよね？」

その言葉を口にすると、グレーテは明らかな渋面《じゅうめん》を作った。

「それって、結局面倒事《めんどうごと》を押し付けるのに都合がいいだけじゃないの？と思う。もっとも、そう呼ばれる当の本人は喜んでたけど。あいつはお人好《ひとよ》しでバカだから」

当代随一《ずいいち》の冒険者にして幼馴染《おさななじ》みをそんな言葉で一刀両断にし、続ける。

「まあ、表も裏もない、見たままの人間だよ、あいつは。勇者に憧れ、勇者を尊敬し、人に頼《たよ》られれば当然のように助けようとし、頼られなくても勝手に首を突《つ》っ込む。力のある、強い自分が、そうじゃない人々を護《まも》るのは当たり前のことだと思っている」

うん、確かにそういう印象だな。

「でも――それって本来、当たり前なんかじゃないのよね。当たり前じゃないからこそ、立派なことだと言われるんだし」

「………」

「大勢を助けられるほどの強さを持った人間なんてそうそういないし、ましてや、その全てをミスなく遂行《すいこう》できる人間なんて、世の中に一人もいないんだよ。誰よりも強く気高い勇者を目指すなんてのは、あらゆる人々に対する責任を一人で背負うって言ってるのと同じ。狂気《きょうき》の沙汰《さた》だわ」

「まあ……そうかもしれないですね」

俺の方は表情をコントロールするのに少しばかり努力が必要だった。

責任を取らず、さっさと日本に戻《もど》ってしまった勇者こそが俺なのだから。

「勇者は人々を護り、幸福へと導くかもしれない。でも、だったら――あいつ自身の幸せは一体どこにあるんだろう」

「人のためになることが幸せなんじゃないですか？」

他人を幸福にすることで、自分も幸福になる。

そういう人間だっているのかもしれない。

「全員を確実に救えるなら、それもいいでしょうね。でも現実はそうじゃない。そして人々は期待を裏切られたとき失望し、期待を裏切った相手に怒《いか》りを向ける」

「…………」

「フェリクスは優秀《ゆうしゅう》なのかもしれないし、底抜《そこぬ》けのお人好しでもあるけど……普通に痛みを覚える人間であることを、私は知っている。同時にどれだけ傷つき疲れたとしても、死ぬまで歩き続けるだけの強さを持ってしまっていることもね。それってやっぱり不幸なことだと思う」

真《ま》っ直《す》ぐで、同時にどこか歪《ゆが》んだ在り方。

グレーテは疲れたようにため息をついた。

「……だいたい、押し潰されすり減っていくのを傍《そば》で見せられ続ける私は、まったくもって幸せじゃないよね。もうちょっと、視野を広くしてほしいもんだけど――」

――ああ、なるほど。

だからグレーテは、フェリクスに立ち止まる意思を持ってほしいし、それができないなら自分がストッパーになると決めたんだ。

と、そこで俺の表情に何かを見たのか、グレーテは妙《みょう》に早口で付け加えた。

「……幼馴染みとして心配してるだけであって、変な意味じゃないからね」

「何も言ってませんよ」

別に変な意味だとも思わないしな。

むしろ微笑《ほほえ》ましい。口には出さないけど。

「……中途半端《ちゅうとはんぱ》に力があるからこそ、フェリクスには向いてないお役目なのよ。そんな称号を背負わせたら、あいつは自己満足しながら圧死するだけ。――『勇者』って言葉がこんなに重くなってどう感じるか、ノイン様に一度聞いてみたいものね」

「まあ、本意ではないとは思いますよ……」

本心から俺は答えた。

この状況《じょうきょう》で俺が勇者だということがバレてしまったら、おそらく上を下への大騒《おおさわ》ぎになるんだろうな。

俺の目的は混乱を収拾《しゅうしゅう》することであって、混乱をもたらすことじゃない。

帝国の皇帝《こうてい》と対峙《たいじ》するまで正体は隠し続けないとな、と改めて決意した。

とそのとき、少し離《はな》れたところにある茂《しげ》みがガサガサと揺《ゆ》れ、リュリの猫耳が覗《のぞ》いた。

続いてひょこっと手が現われ、こちらを手招きする。

俺たちは顔を見合わせた。

「……何ですかね？」

「行ってみよう」

そして茂みに近づくと――

「ハルカさん！」

「うおっ⁉」

ボリュームのある身体にとびつかれて、俺は思わずよろめいた。

「よ、よかった、よかったですぅ……こんなところで再会できるなんて……」

マリナが涙《なみだ》を浮《う》かべて俺を見上げていた。

「いや、こっちの台詞《せりふ》だ」

どうにか動揺《どうよう》を隠したまま、マリナの体を優《やさ》しく引きはがす。

「とにかく合流できてよかった。大丈夫だったか？　ニコさんたちも一緒に？」

「わ、私は大丈夫です。でも、ニコさんとミアさんは今、ここには居なくて……」

マリナはそこで一つ首を振った。

「いえ、そのことについては改めて説明します。それよりハルカさん、一つお願いがあるんですけど……」

「何だ？」

「あ、あの……ゆ、勇者ノイン様になってもらえませんか⁉」

「…………は？」

思わず俺は声をあげた。

「わ、わた、私、その……ど、どうしても、ノイン様が必要になっちゃって！　それで、それで――！」

「ま、待て！　頼《たの》むからちょっと待て！」

なぜかパニック寸前のマリナにものすごい力で揺さぶられながら、どうにか俺は言葉を発した。

「まずわかるように説明しろ！　いったい、何があった⁉」

三章　嘘と真実

マリナと晴夏《はるか》たちが再会する、そのおよそ二日前。

「――本当に良かったのかい、マリナ？　あんた一人だけ、あたしたちに同行することになっちまったけどさ」

「ええ。ニコさんも構わないって言ってくれましたし……今を逃《のが》すと、もう機会がなさそうですから」

現在、『紅蓮の牙』本隊は帝都方面へ向けて街道を東進中。

これから野営の準備を整えるところである。

『援軍《えんぐん》のあてができたんでね。ちょっと野郎《やろう》ども引き連れて会談してくる』とリオネラが言い出したのは数日前のこと。

拠点にはフェリクスと留守番役の隊が残ることになっており、本来ならニコと護衛二人もそこに含まれるはずだったのだが、マリナは一人同行を申し出ることにした。

目的地が帝都方面——家族が暮らしている地域の近くだと聞いたからだ。

仮に『紅蓮の牙』から解放されたとしても、ニコはもう悠長《ゆうちょう》に視察を続けるわけにはいかないだろう。すぐに帰還《きかん》することになるはず。もちろん護衛の自分も同様である。

（この機会を逃すと、またしばらくお母さんたちに会えなくなるかも……）

そう考えたマリナはニコとリオネラに交渉し、家族の顔を見に行く許可を取り付けようと考えたのだった。

「むしろ、リオネラさんがこうもあっさり承諾《しょうだく》してくれるとは、思っていませんでした。あの、ご迷惑《めいわく》をかけてすみません……」

「そもそも、迷惑かけてんのはこっちなんだけどね。なんせ無理やりあんたたちを掠《さら》ってきたんだから。あと、家族を大切にしろと言った手前、会うのは認めないって突っぱねるのも言行不一致《げんこうふいっち》だろうしさ」

リオネラは苦笑《くしょう》を浮かべる。

「ただ——それなりの危険はあるよ？　だからあんたたちは拠点に置いていく予定だったんだし」

「それは……はい、覚悟《かくご》の上です。これでも冒険者ですから」

同行する以上、足手まといのお客さんでいるわけにはいかない。

マリナは兵士たちとともに野営のための天幕を張り、夕食の準備を手伝った。

マリナが作ったスープは特に好評を博し、いかつい男たちは先を争うようにうまいうまいと平らげ、賞賛と感謝の言葉を送った。

（いい人ばかりで、よかったな）

夕食の後片付けをしながら、マリナは思った。

神具遣《づか》いということで一定の敬意を払《はら》われているのは感じるが、それを抜《ぬ》きにしても気さくで親切な人が多いのではないだろうか。

「――あんたたちも気になっているだろうし、今後の事について少しあたしの胸の内を明かしておこう。有力な『援軍』についてね」

水場で鍋《なべ》を洗っていると、リオネラの良く通る声が耳に入ってきた。

現在、彼女の天幕では、主立った隊長たちを集めて会議が行われているようだ。

「当然ながら帝国も、全員が全員、皇帝に絶対的な忠誠を誓《ちか》っているわけじゃない。冷遇《れいぐう》されて恨みを抱いている奴《やつ》、まつりごとに異論のある奴、隙《すき》を見て蹴落《けお》とし自身がその座に就《つ》こうと狙《ねら》ってる奴――色々居るわけだ。今回繋《つな》ぎが取れたのは、帝国にとってかなり重要な地位にある人物でね」

おお、と隊長たちから声が上がる。

とは期待できると考えてくれ」

「資金と兵を援助《えんじょ》してもいいってことだった。どちらも現在の倍から三倍くらいになるこ

「なるほどね。だから舐《な》められるわけにはいかないってわけっすね？」

隊長の一人が言った。

「その通り！」

力強くリオネラが答える。

「助力には感謝するけど、軽く見られるわけにはいかない。だから、手持ちの力を見せつけるべく、あんたたちを伴《ともな》ってきたわけだ。あちらさんとの顔合わせの際は、せいぜいハッタリを利《き》かせておくれよ？」

小さな笑い声がわき起こった。

（……大丈夫かなあ）

会議の雰囲気とは裏腹に、マリナは胸に不安が広がって行くのを感じていた。

悪い人たちではないのは、よく知っている。

だが、彼らの主張や信念に同調できるかというと……否、と言わざるをえない。

現在の帝国が様々な問題を抱《かか》えていることは聞いていた。

しかし、それに対してマリナが抱くのは、改善されてほしいなあとか、世の中がもっと

よくなればいいのになあ、というような漠然《ばくぜん》とした感想くらいだ。

憎悪や怒り、興奮や高揚《こうよう》を『紅蓮の牙』と共有することはできない。

多分、自分の視線はもう少し身近なこと——例えば、今日やるべきことやりたいこと、周りの人の幸福や、明日のご飯の献立《こんだて》、そういうものに向いているのだと思う。

マリナは子供である。

年齢《ねんれい》を偽《いつわ》って職を得ているが、実のところまだ一二年しか生きていない。

きっと自分なんかより、現状を憂《うれ》う大人たちの方が世界をより良くできるのだろうけれど……。

（……ちょっと、怖《こわ》いな）

彼らの〝熱〟に、そんな感想を抱いてしまうのだ。

——会議はまだ続いている。

「んで、その奇特《きとく》な御仁《ごじん》はどちらさまで？」

「驚《おどろ》くなよ？　——レオニ公国の公王サマだ。期待できるだろ？」

どよめきが起こる。

帝国にきわめて近しい属国で、統治するのは皇帝の親戚筋《しんせきすじ》。

単なる一貴族以上の力を持った一族である。

彼らが衝撃《しょうげき》を受けるのは、至極《しごく》当然と言えるだろう。

マリナもまた驚いていた。

だが……その理由は彼らとは少々異なるものだった。

(レオニ公国って……ミアさんの故郷、だよね?)

先日の『傀儡師《くぐつし》』事件のあと、マリナとリュリはエウフェミアからその出自を打ち明けられていた。

実はレオニ公国の公女であり、同時に『殺戮《さつりく》人形』の二つ名を持つ腕利《うでき》きの神具遣いであること。

心身を鍛《きた》えるため、身分を隠し新米冒険者《ぼうけんしゃ》としてニホンにやってきたこと。

もっとも、驚きはさほどなく、むしろ納得《なっとく》の方が大きかった。

物腰《ものごし》から貴族かそれに類する身分かもとは思っていたし、駆《か》け出し冒険者としては頭抜《ずぬ》けた力を持っていることも知っていたからだ。

三人の関係には特段溝《みぞ》などが生じることもなく、現在に至っている。

(で、でも、こんなところで名前を聞くなんて——)

動揺したマリナだったが、次のリオネラの一言でさらに驚くことになった。

「しかも今回手を貸してくれるのは、あの『殺戮人形』らしいんだ!」

「えええっ――!?」

というマリナの声は、隊長たちの歓声《かんせい》にかき消された。

興奮の余韻《よいん》を残し、会議は解散となったようだ。

しかしマリナは大鍋《おおなべ》を洗うことも忘れ、呆然《ぼうぜん》としていた。

混乱が整理しきれない。

（ど、どういうこと？）

『殺戮人形』――すなわち、マリナのパーティ仲間であり、共にニコの護衛を務めているD級冒険者エウフェミア。

それが……これから行く先で、リオネラと顔を合わせる？

ありえない。

そんな話が通っているなら、エウフェミアから何らかの反応があったはずだ。

こちらの世界においても身分は隠したいということで、マリナたちも彼女の出自や二つ名については口止めされている。

リオネラも『紅蓮の牙』の面々も、エウフェミアの正体を知っているはずがない。

ということは――

（……リオネラさん、もしかして騙《だま》されている？）

例えば――『紅蓮の牙』をおびき寄せて罠《わな》に嵌《は》め、一網打尽《いちもうだじん》にしようとしてる誰《だれ》かに。

「あ、あの……」

マリナはリオネラを捕《つか》まえ、声を掛けた。

「えっと、外に居たら耳に入ってきたんですけど……今の話、本当なんですか？　レオニ公国から助力の申し出があったって」

「おや、聞こえてたのかい？　他言無用だよ？」

「わ、わかってます。で、でも、その……すごいですね！　リオネラさん、一国の王様と知り合いだったんですか！」

「まさかまさか」

リオネラは、あははは、と笑った。

「冒険者時代、貴族クラスから依頼《いらい》を受けたことはあるが、さすがに王族に知り合いはいないよ。詳しいことは言えないが……今回の援助はとある信頼《しんらい》できる筋から打診《だしん》があったんでね。乗っからせてもらったってわけさ」

「そ、そうなんですね！」

笑顔《えがお》を作りながら、どうしよう、とマリナは思案を巡《めぐ》らせていた。

知る限りのことを話して、止めたほうがいいのだろうか？

でも、自分一人の判断でエウフェミアのことをペラペラ喋《しゃべ》ってしまっては約束を破ることになる。

それに、士気を上げるためとか、何か意図があってリオネラが一芝居《ひとしばい》打ってるのかもしれないし、自分の知らないところでリオネラとミアが共謀《きょうぼう》して何かやってるということも考えられるし、だとしたら自分が大騒ぎしたらすべてを台無しにしてしまう可能性だってあるわけで……

などと悩《なや》んでいるうちに時間は過ぎ、一団は帝都の近くにまでやってきた。

「――あちらさんから連絡《れんらく》があって、少し予定を変更《へんこう》することになった」

隊長たちを集め、リオネラはそう言った。

「といっても、悪い話じゃない。先方がいい情報をくれたんでね、会談前に一働きしようってことだ」

「そのいい情報ってのは何だよ、頭領？」

「落ち着いて聞きな？　国境へ資材や食料を運ぶ帝国《ていこく》軍の輸送隊が、定期的にこの近くを通っているらしい。帝都から近いしほとんどモンスターも出ないから、護衛隊も緩《ゆる》み切ってるとさ。つまりは――いい獲物《えもの》があるってわけだ」

大きなどよめきが起こった。

もちろん好意的なものである。

「こりゃあ、すげえ話だな、おい！」

「まるごと横取りできるぜ!?」

「物資不足が一気に解消するじゃねえか！」

リオネラは皆《みな》が落ち着くのを待つと、話を続けた。

「そんなわけで、進路を少し南寄りに変える。ほら、あの辺りには、ちょうど確保してた拠点があっただろ？」

森へと少し踏《ふ》み入ったところに打ち捨てられた古い砦《とりで》があり、そこをいつでも使えるように整えていたらしい。

あちこちに拠点を用意しておくのは、撹乱《かくらん》を狙う弱小勢力の常道であるということは、マリナも耳にしたことがあった。

「とはいえ、腹をくくっておく必要がある」

リオネラの声が少し真剣《しんけん》な響《ひび》きを帯びた。

「帝都の近くで帝国軍を襲うなんてマネをしたら、宣戦布告も同然。当然帝国軍は躍起《やっき》になって報復しようとするだろうし、あたしたちに引き返す道はなくなるからね」

リオネラは一同の顔を見回し、静かに続けた。

「どうだい？　あんたたちに、その覚悟はあるかい？」

一呼吸分ほどの沈黙《ちんもく》の後——皆は一斉《いっせい》に声を上げた。

「当たり前だろうが!!」

「いよいよ始まるんだな！」

「レオニ公国の協力が得られるんだろう？　しかもあの次期勇者様も仲間に加わってくれたんだ！」

「ここで攻《せ》めないでいつ攻めるって話だろうがよ!!」

隊長たちの声は次第《しだい》に大きくなり、熱気がどんどん高まっていくようだった。

「ようし、良い返事だ！」

リオネラは満足げに言った。

「具体的なことが決まったら、追って知らせる。近いうちに動き出すのは決まったんだから、それぞれ準備を整えておきな！」

「おお!!」

隊長たちはそれぞれ拳《こぶし》を突き上げ、盛り上がった会議は幕を閉じた。

「——どうしたんだい？　何か悩み事でも？」

ぼんやり考え事をしていると、リオネラからそんな声をかけられた。

「あ、いえ、そういうわけではないんですけれど。先ほどの会議、すごい熱気で驚いてしまって……」

マリナは少し努力して微笑みを浮かべた。

部外者なので会議に加わったりはしないが、何せ皆、声が大きいうえに盛り上がるので、内容を把握《はあく》するのは難しくない。

リオネラは特に不審《ふしん》を感じた様子もなくふうんと言って肯《うなず》いた。

「ま、あんたは最初から数に入れていないから、参加も不参加も好きにするがいいさ。神具遣いが一人増えると助かるのは確かだが、強制する気もないから」

「え、ええ」

「そういや家族が帝都《ていと》の近くに暮らしてるんだっけか。さっさと離脱《りだつ》して会いに行っても構わないけど、どうする？」

「あ、えっと……も、もう少し考えてから決めます」

歯切れの悪い返答になってしまった。

リオネラが立ち去ると、マリナは大きく息を吐《は》いて体の力を抜いた。

もちろん家族には会いたい。

でも、今この集団を離れるのはためらわれた。

予測が最悪の形で的中した場合……おそらく『紅蓮《ぐれん》の牙《きば》』は壊滅的《かいめつてき》な打撃《だげき》を受ける。

それはリオネラを筆頭に、マリナと会話し一緒に飯を食い笑い合った人間たちが還《かえ》らぬ人になるということだ。

帝国に対する憎悪は共有できないとはいえ、顔見知りとなり、言葉を交《か》わした人たちが、破滅《はめつ》するようなことになってほしくはなかった。

ただ、そのためにできることがどれほどあるかというと――

「……とりあえず、ミアさんには手紙を送った」

あちらの拠点《きょてん》とは定期的に連絡役《れんらくやく》が行き来している。

手紙を託《たく》せば届けてくれるはずだ。

その返信を確認すれば、少なくともレオニ公国と『殺戮人形』たる彼女が、反乱に協力する気があるかどうかは確かめられる。

(でも返事が届くまでには、早くても数日……間に合うかな……)

マリナの推測が杞憂《きゆう》ならいい。

しかし、もしこれが本当に致命的《ちめいてき》な罠で、かつ一度戦端《ひとたびせんたん》が開かれてしまったなら……それはもう完全な手遅《ておく》れだ。

「せめてミアさんから連絡があるまで、どうにか時間を稼ぐことができれば……」

とはいえ、『勇者の名を継《つ》ぐもの』の参戦、レオニ公国の協力というこの上ない好材料に、『紅蓮の牙』の士気はいつになく高まっている。

マリナ一人が何か工作したところで、戦闘《せんとう》を思いとどまらせるのは不可能に近い。

何か、皆の目を他のものに向けさせることができないだろうか？

次代の勇者フェリクスや、帝国の重要な属国であるレオニ公国の存在すら霞《かす》ませるような、圧倒的《あっとうてき》な衝撃をもたらす何かがあれば、どうにかなるかもしれない。

しかし、そんなものが——

「…………！」

——あった。

呆《あき》れかえるようなペテンだが、不可能ではない……と思う。

我ながら大それた手段だ。普段《ふだん》なら絶対に考えもしなかっただろう。

でも、マリナはどうしてもリオネラたちを救いたかった。

強引《ごういん》に掠われ、反帝国活動に巻き込《こ》まれたという経緯《けいい》があったとしても、彼女《かのじょ》たちが命を落とすという可能性を、許容したくなかったのだ。

その日、野営地での夕食時。

「――あ、あの、すみません！」

皆の真ん中に立ち、マリナは勇気を出して大声を上げた。

「うん？　どうしたんだい、マリナ？」

リオネラが怪訝《けげん》そうに言った。

「私から、一つ提案があるんです！　お話を聞いてください！」

皆の視線が集まるのを感じる。

お腹《なか》の奥から息の詰《つ》まるような緊張感《きんちょう》がせり上がってくる。

ごくりと喉《のど》を動かし、唾《つば》とともにためらいを飲み下すと、マリナは口を開いた。

「わ、わたし、実は――勇者ノイン様を知っているんです！」

戸惑《とまど》ったような反応に困るような、微妙《びみょう》な空気が流れる。

構わずマリナは続けた。

「私が、ニホンの冒険者ギルドにいることは皆さんご存じですよね？　偶然《ぐうぜん》にもそこで、私は勇者ノイン様と知り合う機会を得たんです。彼《かれ》は正体を明かして大騒ぎになることを望まず、ひっそりと慎《つつ》ましやかな生活を営んでおられました」

我ながら、よくこんな恐《おそ》ろしいまでのデタラメが口にできるものだ、と思った。

背中に冷汗《ひやあせ》が流れる。

（でも……もう引き返すわけにはいかない！）

少し前、パーティの三人で戦闘訓練をしたときのことが脳裏《のうり》に蘇《よみがえ》る。

エウフェミアにもリュリにも全く歯が立たず叩《たた》きのめされた後、二人からこんなことを言われた。

『マリナ、あんたさ、苦しくなったときとか弱気になったとき、顔に出すぎだわ。直した方がいいわよ、それ』

『そうですねえ。相手に弱みを見せるだけですから』

『ブラフも大事なのよね。効いてても効いてないフリするとか。危ない時ほど自信たっぷりで余裕《よゆう》ぶるとかね』

マリナは汗《あせ》に濡《ぬ》れた手のひらをぎゅっと握《にぎ》りしめる。

そう――緊張しない、動揺しないなんてのは無理な話。

だから、せめて顔には絶対出さない。

「これは本当に内密のお話で、ニホンでも知っている人はほとんどいません。口外はしないでくださいね？　大騒ぎになっちゃいますから」

マリナは意思の力で無理矢理《むりやり》ニコリと笑ってみせた。

「しかし一方で、ノイン様はずっと私たちの世界、ラグナ・ディーンのことを気にかけておられました。そこで、今回の視察が実現したわけです。——皆さんはおかしいと思いませんでしたか？　ニコさんのような地方のお役人が、あちらの世界と国を代表して訪問して来るなんて」

こちらの世界——特にデムテウス帝国では生まれながらの身分が重視され、国家の重要事に平民や地位の低いものが出張ってくることなどまずない。

ニホンにおいてはまったく事情が異なることをマリナは知っているが、この場ではまずバレないだろう。

「もしかして……ノイン様の意向だったってことか？」

隊長の一人が尋《たず》ねる。

いい傾向《けいこう》だ。少しずつ皆が話に引き込まれてきた。

「その通りです。自分が去った後も混乱が長引く帝国の状況に、ノイン様は大変心を痛めておられました。私たちはノイン様に遣わされ、帝国に抗《あらが》う者たちが存在するかどうか、存在するとしたら何か支援《しえん》できることがないか、ということを調べていたのです」

マリナはそこで一呼吸おいて、聴衆《ちょうしゅう》の顔を見渡《みわた》した。

「私は、『紅蓮の牙』に助力するよう進言するつもりです。あの方の了承《りょうしょう》が下りればそのこと——つまり、『勇者ノイン様の支持がある』ことを公にできますし、さらに多くの戦力を集めることも可能になるかと思います」

兵士たちがざわつき始めた。

「ここで、お話を最初に戻しますね。私からの提案というのはつまり、こうです。――後《あと》戻《もど》りできない行動に踏み切るのは、もう少しだけ待ちませんか？　その方がより良い条件を整えられますから」

言い終えると、マリナは小さく息を吐いた。

あとはどんな反応があるかだけど……

「信じがたいな。話がうますぎる」

「でも、事実なら願ってもない話じゃないか？」

「ここまで準備を重ねたんだし、もう少しくらい待っても……」

――と、それまでじっと話を聞いていたリオネラがゆっくりと口を開いた。

「ノイン様ってどんな人なの？」

「えっと、そうですね……外見的にいうと、黒い髪《かみ》に黒い目。身長は私より少し高いくらい。どちらかと言えば細身ですけど、引き締《し》まった体つきをしておられます」

「内面的には？　あんたも喋ったことあるんだよね？」

「ええ。目つきが鋭《するど》くて、一見したところ少し怖い印象を受けるかもしれませんが……話してみると、とても気遣《きづか》いがあって優しい方ですよ。ニホンでの日常生活や、ものの考え方について気付いたことをよく助言してくださいますし、とっても尊敬できる方です」

ひととなりについて訊《き》かれることは予想していた。

答えを準備しておいて本当によかった、とマリナは内心で胸をなで下ろした。

でなければ、言葉に詰まってボロを出していただろう。

ちなみに人物像のモデルは晴夏である。

ある程度知っている『若いニホン人の男性』というのが彼しかいないので、選択《せんたく》の余地はなかったのだ。

方向性はどうあれ、マリナの言葉は間違《まちが》いなく『紅蓮の牙』の空気に影響《えいきょう》を与《あた》えた。

夕食の時間が終わってからも、兵たちが集まり複雑な顔で会話を交わす光景がそこかしこで見られる。

今のところ……彼らは信用や歓喜《かんき》より、戸惑いの方を強く感じているようだ。

これは仕方のないところだろう。想像を超《こ》える話を聞かされれば、信じて受け入れるより先にまず困惑《こんわく》するものだから。

それでいいんだ、とマリナは思う。

彼らの感情の揺らぎが決断を先送りする方向に働きさえすれば、目的は果たされる。

あとは、そうなるよう祈《いの》るだけだ。

――と、そのときだった。

「しっかし、突然《とつぜん》だったねえ。何を言い出すのかと驚いたよ」

背後から声を掛《か》けられて、飛び上がりそうになる。

リオネラが屈託《くったく》のない笑《え》みを浮かべていた。

「決して口達者な方じゃないだろうに、えらく流暢《りゅうちょう》に語っていたじゃないか。まるでこの場面を想定して、何度も何度も練習を重ねたみたいだった」

「じ、実際その通りですから」

幾分《いくぶん》ひきつっていたかもしれないが、どうにか微笑《びしょう》を返すことに成功する。

「ノイン様のご意思をお伝えし損《そこ》ねては、それこそ申し訳が立ちませんし。ただ、輸送隊に仕《し》掛《か》けるって話が急に出たものでしたから、私としてもこのタイミングで切り出すしかなくて……。突然の話ですみません」

「いやなに、決定的な行動に出る前でよかったよ。選択肢《せんたくし》が増えたしね」

リオネラはさらりと答えた。

そこでふとマリナは、尋ねてみたいという衝動《しょうどう》を覚えた。

「あの……リオネラさんはあっさりと信じられたんですか？　私がノイン様と知り合いだ

ってこと」

「は、信じられるわけないだろ」

「──────!」

マリナの心臓が縮みあがる。

しかし、リオネラはにぃっと口《くち》の端《は》を吊《つ》り上げた。

「……と、思うだろうね、普通《ふつう》なら。でも、でまかせにしちゃあまりにも荒唐無稽《こうとうむけい》、まるで子供のホラ話だ。嘘《うそ》ついて騙す気なら、もうちょっと真実っぽいことを言うだろうさ」

デタラメすぎるからこそ、逆に信憑性《しんぴょうせい》が増す。

そういうこともあるんだ……と、マリナは驚きに似た感情を覚えた。

狙ったわけではなかったが、怪我《けが》の功名というやつだろう。

(ミアさんから連絡が来たら、色々はっきりするはずだし……皆さんやリオネラさんにウソついたことは、そのときに改めて謝《あやま》ろう)

小さく息をつく。

ともあれ、今できることはすべてやった。

(あとは……ミアさんの返事まで、このウソがバレないように……)

そのときリオネラが口を開いた。

「勇者ノイン様って、最初の街であんたたちと一緒《いっしょ》にいた男かい？」

「……え——？」

不意打ちだった。反応が少し遅《おく》れた。

「いや、さっき外見の説明をしてただろう？　それ聞いた感じ、あの男と人相風体《ふうてい》が一致《いっち》するなあ、なんて思ったもんだからさ」

のんびりとした口調でリオネラが言う。

（た、確かにハルカさんをモデルにしたけれども……！）

どうしてリオネラが彼のことを知っているのだろう？

二人が顔を合わせたことなんてないはずなのに——

と、そこで気付く。

（……バカだ、私！）

マリナの視点から見れば、リオネラたちは突然目の前に現れた誘拐犯《ゆうかいはん》。

しかし彼女たちは当然ながらもっと前からニコ一行を監視《かんし》し、周到《しゅうとう》に計画を練っていたに違《ちが》いない。

晴夏の顔も知っていて当たり前なのだ。

「勇者ノイン様、か。ほとんど生ける伝説だよね。そんな人間の傍《そば》にいられるってのは実にうらやましい。どんな気持ちなんだろうね？」

「それは、もちろん、光栄というか、緊張するというか……」

「ま、勇者様とお近づきになれるんだったら、あたしたちにとってもこんなありがたい話はないさ。だから――」

リオネラは悪意の感じられない口調で言う。

「こちらの情報網《じょうほうもう》も駆使《くし》して、あの男を探してあげるよ。一刻も早く合流できた方がいいだろう？」

「そ、そうですね……よろしくお願いします」

マリナは声が震《ふる》えるのを自覚する。

だめだ、ごまかしきれない。

自分じゃどれだけ頑張《がんば》っても、きっと近いうちにボロを出してしまう。

（ど、どうしよう、どうしたら――！）

＊　＊　＊

「そ、それが昨夜のことです。で、今日、私たちはこの森の砦の拠点に着いて、ついさっき、リュリさんが私を見つけて声掛けてくれて、ハ、ハルカさんも来てるって聞いて……そ、相談しなきゃって……」

マリナはぐすんと鼻をすすった。

「…………」

俺《おれ》は言葉を返せなかった。

いや、脳が理解を拒《こば》んでいたのかもしれない。

何かトラブルが起こることは覚悟していたが、こんなのは想定していなかった。

「ハルカが勇者ノインだなんて……また豪快《ごうかい》な嘘をついたもんよね。すっごい度胸」

とグレーテ。

「マリナ、あんた、バカじゃないの？」

リュリの方はまったく容赦《ようしゃ》が無かった。

「わ、私だってそう思いますよう！　でも、他にどうしたらいいのか思いつかなかったんです！　戦いが始まっちゃったらもうリオネラさんたちを止められないし、猶予《ゆうよ》もあんまりないし……取り返しの付かないことになる前に、何とか時間を稼がなきゃって……」

「……話はわかった」

俺は頭痛をこらえつつ、ようやく口を開いた。

わかりたくなどなかったのだが。

まあ、俺の感情はさておき――マリナの推測はおそらく当たっている。

エウフェミアは基本的に日本にいるので反帝国組織に手を貸す余裕などないはず。

もし本当にそういう話があったとしても、俺に一言くらい伝えるだろう。

であれば、やはりレオニ公国の助力という情報は、『紅蓮の牙』を陥《おとし》れるための罠だという可能性が高い。

「とにかく、少なくともあと一日か二日、『紅蓮の牙』の動きを止めないといけないわけだな？」

「は、はい。多分その間に、何かの形でミアさんから連絡があると思うので……」

「ハルカ、しばらく隠《かく》れとく？　あんたがこの組織の連中と顔を合わせなければ、マリナの嘘もバレないわよね？」

「でも、それだとマリナの負担がでかくなる」

話を聞いた感じ、リオネラはおそらくある程度疑念を抱《いだ》いているだろう。

本気で追及《ついきゅう》されてマリナが白を切りとおせるとは思わないし、もし嘘が暴《あば》かれた場合、どんな扱《あつか》いを受けることになるか……

「いずれにせよ、フェリクスの件でリオネラさんとは会うつもりだから、私がサポートして話を補強してもいいけど？」

「それを言うんだったら、俺たちだってニコさん解放のためにリオネラと交渉《こうしょう》しなきゃいけないんだし……」

ニコさんは冒険者や元勇者などではなく、一般人《いっぱんじん》だ。

エウフェミアが護衛についているとはいっても、その精神的肉体的な負荷《ふか》は相当なものだろう。救出は早ければ早いほどいい。

「となると、方法は一つ。一石二鳥で効率もいい。――わかるわね、ハルカ？」

リュリは俺に視線を送り、一つ肯いた。

わかりたくないけど、わかる。わかりたくないけど。

「……俺がその勇者ノインを演じて、リオネラに会えばいいってことだよな」

俺は大きなため息をつく。

勇者ノイン本人が、勇者ノインのフリをする偽者《にせもの》を、演じる。

もはや何が何だかわからねえな、この状況《じょうきょう》。

「ご、ごめんなさい、私のせいで……」

マリナは長身を縮め、うなだれた。

とはいえ――マリナがベストを尽《つ》くしたのは確かだ。

体が大きく大人っぽく、一六歳《さい》という触《ふ》れ込《こ》みで冒険者をやっている彼女だが、実際はもっと年若い。

それこそ子供というにふさわしい年齢であることを俺は知っている。

『紅蓮の牙』に待ったを掛けた判断自体は正しいと思うし、実際動きを止めることにも成功している。上出来だろう。

「ま、やるだけはやってみるさ。――お前はよく頑張ったよ」

「ハ、ハルガざん……あ、ありがどうごじゃいまず……」

マリナは泣き顔で礼を言う。

「ねえハルカ、前から思ってたんだけど……」

一方、リュリはじとっとした目で俺を見た。

「あんたマリナにだけ妙《みょう》に甘《あま》くない？」

俺は聞こえないフリをした。

飾《かざ》り気《け》のない砦内の一室で、俺たちは『紅蓮の牙』頭領と顔を合わせることになった。

「――なるほどね、あんたが勇者ノイン様か」

彼女は値踏《ねぶ》みするような目で俺を見た。

見た感じ、二十代半ばから後半か。

野性的な印象の美人だと思うが、デレデレする気分にはなれなかった。

表面的には快活な印象、しかしその裏側から滲《にじ》み出ている雰囲気《ふんいき》が剣呑《けんのん》すぎる。

フェリクスやグレーテの師匠《ししょう》と聞いてたけど、なるほど、確かにかなりの場数を踏んだ戦士だな。

「有名人にお会いできて光栄だね」

「そりゃどうも」

「あたしはリオネラ。『紅蓮の牙』の頭《アタマ》だ。——知らなかったとはいえ、お仲間には申し訳ないことをした。ここにはいないけど、ニコもエウフェミアも無事だよ。客人として丁《てい》重《ちょう》に扱ってたつもりだしね」

「マリナから聞いてる。連れて帰っても構わないんだよな？」

「もちろんだとも」

「——フェリクスも彼女たちと一緒にいるの？」

尖《とが》った声で口を挟《はさ》んだのはグレーテである。

不機嫌《ふきげん》さを隠そうともしていない。

「……久しぶりに会ったってのに、一言めがそれかい？　連れないねえ」

「好意的に接する理由がないし。リオネラさんが何を企《たくら》んでいようと勝手ですけど、あいつを巻き込まないでもらえます？」

「あたしを訪ねてきたのは、フェリクス自身の意思さね。ま、説得したいなら、ご自由に。あっちの拠点にニコたちと一緒に居るはずだよ」

それにしても、とリオネラは俺に視線を戻《もど》す。

「なんで勇者様は正体隠してるんだい？　少なくとも、こちらの世界においてあんたは地位も名誉《めいよ》も思いのままのはずだ。堂々としてればいいのに」

口調は穏《おだ》やかだが、眼光はそうでもない。

――探《さぐ》られてるのかな、これは。

「目立たず平凡《へいぼん》にってのが、家訓だったからな。――とはいえ、目に余るもの、放っておけないと感じるものも存在するわけでね。少なくとも現在の帝国のやり方を、俺は許容できない」

「というと？」

「あいつらは俺の名前、功績を利用して好き勝手やりすぎた。そのことがこちらの世界に不均衡《ふきんこう》、歪《ゆが》みをもたらしていることを知った。だから……俺は俺の責任として、ケリをつけなきゃならない。そう思ってる」

「……ふうん」

リオネラは感情の読み取れない表情で小さく鼻を鳴らした。

「なんだか、抱いてた印象と違うね、勇者様。思ってたより熱いし、人間臭《にんげんくさ》い」

「物語に謳《うた》われてるような聖人だとでも思ったか？」

「物語というか……とある知り合いのイメージに引きずられたかな？　あたしの元教え子に『勇者の名を継ぐもの』って呼ばれてる奴《やつ》がいるんだけど、人々のために戦う勇者なんてのがいるとしたらこういう奴なのかねぇって性格してるもんだからさ」

フェリクスか。まあ確かに、俺とはタイプが全然違うな。

「回りくどくなったが……あんたたちに力を貸してもいいってのは、そういうわけだ。俺としてもこちらに協力者がいてくれると助かる」

「…………」

リオネラは少し考え込《かんが》み、やがて肯いた。

「わかった。こちらにとってのメリットは計り知れないしね」

「では――」

「ただし」

どこか楽しそうに口の端を吊り上げる。

「その前に、一手御指南《ごしなん》願いたい。伝説的な勇者様の強さがどのくらいかってのを、この身で確かめておきたいからね」

……まあ、そうなるよな。

組織の頭としては、無条件にホイホイ信じられるような話じゃない。

俺が本当に勇者ノインかどうかを確かめるためには、立ち合ってみるのが一番早いということだ。

リュリやグレーテは表情を殺しているが、マリナは一人あからさまに動揺《どうよう》していた。

心配してくれてるんだろうが、そんな顔してるとお前の嘘がバレるぞ。

（……さて、どうしたもんかな）

俺は思案する。

マリナたちに実力を見せるわけにはいかない。

ギャラリーなしの一対一でやるという条件をつけるか……あるいは受けるだけ受けておいて、のらりくらりと先延ばしにしてもいい。

ミアの返事が届くまで時間を稼ぐことが目的なのだから、リオネラを完全に騙し切る必要はないわけだし——

と、そんなことを考えたときだった。

「お話中、失礼！　頭領に報告です！」

兵士が息を切らせて駆《か》け込んできた。

「どうした？」

「て、帝国軍です！　どこから聞きつけたのか、まっすぐこの砦を目指してやってきます！　数は確認《かくにん》中ですが、確実にこちらの戦力を上回るかと！」

「…………」

リオネラはわずかに唇《くちびる》をゆがめ、そしてふうと息を吐いた。

そして俺たちの方を向いて、口を開く。

「聞いての通り、少し忙《いそが》しくなりそうだ。楽しい会談はここまで。——あんたたちは部外者だから、戦に付き合う義理はない。敵の様子を確認したらできるだけ安全に逃《に》がしてやるから、しばらく待ってな」

俺たちは砦の一角で待機するよう指示され、所在なげに身を寄せ合うこととなった。

「……まあ、ひとまず追及は避《さ》けられたよな」

「呑気《のんき》に構えてる場合じゃないと思うけどね」

グレーテが冷静に指摘《してき》する。

「て、帝国軍が、何をしにくるんですか？　どういうことでしょうか、リュリさん？」

「そりゃ反乱軍討伐《とうばつ》でしょ。多分、どこかから情報が洩《も》れて先手打たれたのよ」

「とうばつ……」

そう呟《つぶや》き、マリナは眉間《みけん》に皺《しわ》を刻んで何事かを考え込んだ。

「逃がしてくれるって言葉をあてにしたいけど、自力で何とかする覚悟《かくご》も決めておいた方がよさそうね。いい、マリナ？」

「は、はい、いえ、あの……」

そこでマリナは俺たちの方に遠慮《えんりょ》がちな視線を向けた。

「そ、その……私たちも残って、リオネラさんをお手伝いするわけには……」

「何言ってんの」

リュリは静かに、しかし断固とした声で言った。

「本来ここの戦いとあたしたちは関係ないの。急いで引き上げないと、ニコやハルカにも被害《ひがい》が及《およ》ぶ。マリナ、あんた、あたしたちの役目は何だったか覚えてる？」

「……ニコさんとハルカさんの護衛、です」

「なら、やるべきことはわかるわよね？」

「はい、すみません……」

マリナは肩《かた》を落とし、自分の荷物をまとめてきます、と言ってその場を後にした。

帝国《ていこく》軍接近の報はすでに伝わっているのだろう。

兵士たちの動きがどんどん慌《あわ》ただしくなっている。

「……フェリクスやニコたちとも急いで合流しないといけないね。私たちも『紅蓮の牙』の仲間だと思われたら、まとめて粛正《しゆくせい》対象ってことになる」

「……そういえば、フェリクスさんって、どうするんでしょうね？　こんな状況になったら、はっきり反乱軍の側に立って剣《けん》を振《ふ》るったりするんじゃないですか？」

「…………」

グレーテは不機嫌そうな沈黙で同意した。

振り回される彼女は気の毒だが、俺たちにものんびり同情していられるほどの余裕があるわけではない。

とにかく、ニコさんと合流して、安全を確保しなければ。

と、そのとき、背後から声を掛けられた。

「——あれ？　晴夏くん？」

「ハルカさん！」

見覚えある二人組の姿があった。

「え……？　ニコさん、それにミアも!?　なんでこんなところに？」

「こんな場所で再会できるなんて、運命的ですね！　えっとわたしたち、マリナさんの手紙を読んで飛んできたんです！　あ、手紙というのはですね――」

「ああ、一応、その辺の事情は把握してる。でも、マリナの話によると、そっちの拠点とは距離《きょり》があって、どんな形で返事がくるにせよ、もう少し時間がかかりそうってことだったけど……」

「フェリクスさんの神具の力で、連れてきてもらったんだよ。なんていうの？　ワープみたいなのを、何度か繰《く》り返して」

ニコさんが言った。

そういえば、フェリクスの神具は空間操作系だったな。

「で、来てみたら何か大騒《おおさわ》ぎなんだけど、これはいったい……」

俺は二人に、自分たちがここにいる理由と帝国軍の接近を簡潔に説明した。

「詳《くわ》しい経緯は後で改めて。荷物を取りに行ってるマリナが戻ってきたら、またすぐ出発するんで、そのつもりで」

「わ、わかった」

「そういえば、フェリクスの奴はどこいったの？」

「えっと――」

グレーテに対してエウフェミアが何か答えようとしたそのとき。

「――――！」

ニコさんを除く全員が弾《はじ》かれたように顔を上げた。

砦《とりで》の三階、先ほどまで俺たちがリオネラと会談していた部屋。

「――神具の起動する気配と……殺気ですね！」

エウフェミアが小さな、しかし高揚を隠しきれない声で言った。

＊　＊　＊

のんびりしている時間が無いことはわかっていた。

マリナはためらった末、一室に足を踏《ふ》み入れる。

(でも……)

「――おや、どうしたんだい？」

物思いにでも耽《ふけ》っていたのか、一人で窓の外を眺《なが》めていたリオネラが振り返った。

「す、すみません、ちょっと、最後にお話しできればと思って。あの――」

マリナは一度口ごもり、そして思い切って口を開く。

「レオニ公国の支援の話、実際には存在しないんですよね？」

「…………」

返答があったわけでも、表情に動揺が現れたわけでもない。

しかし、明らかに空気が張り詰めた。

マリナは確信する。

――彼女は何者かに騙《だま》されたのではなく、自身の意思で嘘をついていたのだと。

「……ふうん、どうしてそう思ったんだい？」

「公国の『殺戮《さつりく》人形』を……私は知っているからです。あの人は今、リオネラさんと合流できるような立場ではないはずですから」

「ああ、もしかしてあの子、エウフェミアがそうなのかい？　――いや、ただの推測だけどね。D級にしては立《た》ち居《い》振《ふ》る舞《ま》いに隙《すき》がなかったし。あんたがあたしの嘘を見破れたんだとしたら、それが一番可能性が高い。当たってた？」

「……はい」

マリナは肯《うなず》いた。

「なるほど、ねえ。やれやれ、ひどい偶然もあったもんだ」

肩をすくめ、でも、とリオネラは続けた。

「嘘はお互《たが》い様《さま》だけどね。あんたが連れてきたあの勇者ノイン様、あれ、ニセモノだろ？　あんたもあたしを騙そうとしてたわけだ」

「気付いてたんですか……」

「そりゃね」

　リオネラがくすくすと笑う。

「本人の演技はなかなか達者だった。あの男と二人きりで会ってたら、看破できなかったかもね。あたしが見てたのは、マリナ、あんたの表情だよ」

「私、の……？」

「嘘つきにだって、素質や技術は要求されるんだ。残念ながら、あんたにはまったくもって向いてないね」

　多分、そうなのだろう。

「──で、だ。何をしにきた？」

「最後にあたしの嘘を暴いて、スカッとした気分で立ち去りたかったのかい？」

　リオネラはすうっと目を細めた。

「ち、違います！　そういうことではなく──」

　感情と言葉をどうにか整理し直し、マリナは口を開く。

「あの……最初は私、リオネラさんが誰《だれ》かに騙されてるのかなと思ったんです。レオニ公国が協力するという話で帝国に逆らう人たちを誘《さそ》い出し、一網打尽《いちもうだじん》にする——そういう罠《わな》に、リオネラさんが嵌《は》まってしまったのかも、って」

だからエウフェミアに事実確認を取りつつ、どうにか『紅蓮《ぐれん》の牙《きば》』の動きを止めようと思ったのだ。

「でも、そうじゃないと気付いたわけだ。いつ？　どうして？」

「気付いたのは、ついさっきです。この部屋で、帝国軍が攻《せ》めてきたって知らせを聞いたとき。あのとき、ほんの少しだけでしたけど——」

ゆっくりとその言葉を口にする。

「笑いましたよね、リオネラさん」

マリナはその顔をよく知っていた。

「楽しいとか、うれしいの笑いじゃないです。諦《あきら》めや虚《むな》しさに心を食べ尽くされちゃって、自分の中ががらっぽになった人の笑み。もう全部なかったことにしてしまおうって人が、見せる顔」

思い出したくない、でも忘れられない記憶《きおく》。

「私は邪竜《じゃりゅう》の侵攻《しんこう》でお父さんと故郷の街を失い、難民としてあちこちさまよいました。そのときに、たくさんたくさん見たんです。家族も、財産も、希望も、何もかも無くしてしまった人たちを」

リオネラも家族を亡《な》くしている。以前、そう聞いた。

「だから、リオネラさんの目的って、実は帝国打倒《ていこくだとう》ではないんじゃないかって……」

「ほお、じゃあ、何だっていうんだい？」

「生きるのを止めること。それも、なるべく多くの人を道連れにするような形で」

「…………」

いつしか、リオネラの顔からは表情が消えていた。

「つまり、あたしは実は自暴自棄《じぼうじき》になっており、派手な自殺をかまそうとしているんじゃないか、ってことかい？」

気圧《けお》されそうになりながらも、マリナは口を開く。

「そう思ったんですけど……本当のところは、わかりません。リオネラさんが肯定《こうてい》しても否定しても、私はそれが真実かどうか判断できません。ほら、さっき言われたように、私って嘘つきの素質がないじゃないですか。嘘をつくのも、見破るのも苦手なんです」

あはは、と努力して笑ってみせる。

「だから、ここに来た目的は一つだけ。――約束してもらえないかな、と思って」

「約束？」

「いつかまた会ってください。できればそのときに、あの猪肉《いのししにく》の煮込《にこ》みのレシピを教えてもらえるとうれしいです。あれ、とってもおいしかったので」

「…………」

リオネラはしばらく無言だったが、やがて大きく息を吐《は》いて頭をかいた。

「マリナ」

「はい」

「あんたは利発で優《やさ》しい子だ。きっとこれから色々なことを学んで、立派に成長していけるんだろうね。だから――」

リオネラは辛《つら》そうな表情で小さく首を振る。

「だから、その芽をここでつまないといけないのが残念だよ」

同時に、ひゅん、と風が鳴った。

「――――！」

反応できたのはほとんど奇跡《きせき》だった。

突然《とつぜん》繰り出されたその攻撃《こうげき》を、マリナはギリギリのところでかわした。

「え……ど、どうして――ひっ！」

エウフェミアやリュリに鍛《きた》えられたおかげだろうか、混乱する思考をよそに体は勝手に動いてくれた。

二度目の攻撃も辛《かろ》うじて回避《かいひ》すると、《青嵐《せいらん》》を出現させ構えを取る。

「リオネラさん！　私、なにか怒《おこ》らせて……」

「いや」

リオネラはあっさりと否定した。

「そこは問題じゃない。ただ、あんたの辿《たど》り着いた答えがまずい。それはまだ、誰にも知られちゃいけない。あたしがものすごく困るんだよ」

「え、え？　そ、それはいったい、どういう——ひゃっ⁉」

《青嵐》で弾く。

「悪くない反応だ」

リオネラは平坦《へいたん》な声で言い、手にした得物を掲《かか》げた。

大人の身長よりやや長いくらいの柄《え》に、槍《やり》の穂先《ほさき》と斧《おの》を合わせたような形状の刃《やいば》。

槍斧《ハルバード》——見た目の通り、槍と斧の特性を併《あわ》せ持った武器だ。

（……間違いなく神具、だよね）

もちろん、その魂言《アニマ》や能力はわからない。

「──何を突《つ》っ立ってるんだい？」

「え……？」

「あたしはあんたを殺そうとしたんだよ？　ほら、やり返さなくていいのかい？」

「そ、そんなことを言われても……」

モンスター討伐にはそこそこ慣れたが、対人戦はほとんどパーティ仲間との訓練でしか経験していない。

何より、リオネラと戦いたくなんてなかった。

「殺す気がないなら、一方的に殺されるだけさね。──そら」

無造作だが強烈《きょうれつ》な槍斧《ハルバード》の一振《ひとふ》りを、マリナは大きく飛び退《すさ》って避ける。

いや──避けたつもりだった。

「う──あ……!?」

鋭《するど》い痛みとともに、血が飛び散った。

肩口《かたぐち》がぱっくりと裂《さ》けている。

「ど、どうして？　私、確かに……」

──いや。

相手の武器は神具なのだ。

だとしたら、回避できないような攻撃を繰り出すことも不思議ではない。

むしろ当たり前のことだと想定しておくべきだった。

「で、あんたの神具の力を見せる気はないのかい？」

「見せるも、何も……」

神具以前に、戦う覚悟さえ固まっていなかった。

手足が震える。力が入らない。

殺し合いなんて、無理だ。できない。自分にはできない。

「リ、リオネラ、さん……」

「……ならそのまま死ぬといい。苦しまないよう、あの世に送ってあげるよ」

「――――！」

槍斧《ハルバード》の刃が、首元に迫《せま》ってくる。

受けられない、よけられない、逃《のが》れる術はない、と認識《にんしき》する。

あ、私、死ぬんだ――そう理解した瞬間《しゅんかん》。

鋭い音と共に、マリナの命を奪《うば》うはずだった刃は弾かれていた。

「お話が穏便《おんびん》に終わるなら、介入《かいにゅう》するつもりはなかったんですけどね。――あなたの都合を、他人に押《お》し付けるもんじゃないですよ、先生」

細身の剣を携《たずさ》えたA級冒険者《ぼうけんしゃ》が立っていた。

「フェリクス……？　どうしてここに？」

「それは手段の話ですか？　それとも理由について？　前者であれば、僕《ぼく》の神具の力ですよ。今の《胡蝶《こちょう》》なら、数度の跳躍《ちょうやく》でここまで渡《わた》って来ることが可能なんです」

　フェリクスは誇《ほこ》らしそうな微笑《びしょう》を浮《う》かべた。

「後者、理由の話でしたら――ニコさんとエウフェミアがこちらに来たがっていたので、協力を申し出たんです。その際に、マリナの手紙やこちらで起こっている事態については把握《はあく》しました」

「ふうん……。相変わらず、お節介焼《せっかいや》きだね」

「単にお節介というだけでもないんですけどね。僕の目的もありましたし」

　穏やかな会話が交《か》わされているように聞こえるが、二人の間に張り詰《つ》めたような緊張感《きんちょうかん》があるのはマリナにも感じ取ることができた。

「さて、マリナ」

「……は、はい！」

　突然《とつぜん》フェリクスから話を振られ、慌てて答える。

「この人の目的は、自ら命を絶つとか、そういう感傷的なところにはないんだよ」

リオネラから視線を動かさないままフェリクスは続ける。

「真相は単純でね。――リオネラさんは帝国の手先なんだ」

「……え？」

「おいしい餌《えさ》をちらつかせて反帝国勢力をおびき寄せ、まとめ上げ、そして一網打尽にするため始末役の帝国軍を呼び寄せるというのが、その仕事」

「え、え……？」

理解が追いつかない。

つまり、マリナは必死に思考を整理しようと試みる。

つまり、リオネラがレオニ公国の支援《しえん》なんてものをでっちあげたのは、帝国を敵に回して派手に散るためなんかではなくて――単に皆《みな》を集め、帝国軍に差し出すため……？

「人聞きの悪いことを。証拠《しょうこ》でもあるのかい？」

「先日、帝国付きの『勇者』になるお話をいただいたとき、僕はそれと引《ひ》き換《か》えに、反帝国主義に走って帝国に捕《と》らわれた仲間の情報を要求したんです」

それ自体は機密であるとして却下《きやつか》されたが、収穫《しゅうかく》がゼロというわけではなかった。

帝国がどれだけ反乱勢力を厳しく弾圧《だんあつ》しているか、その一端《いったん》を知ることができたのだ。

「あなたのような内通、間諜《かんちょう》担当の人間がいることも、そのときにね。遠からず反帝国勢力は撲滅《ぼくめつ》されると、軍部の責任者は自信たっぷりでしたよ。あとは状況と情報を総合すれば、先生の役割は見えてくる」

「それだけかい？　証拠としてはちょっと弱いんじゃないかねえ？」

「では、もっとわかりやすい話をしましょうか。――なぜ、この子を殺そうとしたんですか、先生？」

「…………！」

「『反帝国勢力を内側から操《あやつ》るために情報をでっちあげたことが、外部に漏《も》れるとまずいから』以外の理由があればどうぞ。マリナは自殺願望のためと推測しましたけど、他の人間がそんな優しい解釈《かいしゃく》をしてくれるわけがないですからね」

「……ああ、なるほどねえ」

反帝国勢力の頭領だったはずの彼女《かのじょ》は、小さく苦笑《くしょう》する。

「それを言われると確かに――」

瞬間、予備動作も見せずリオネラが動いた。

鋭い金属音。

フェリクスを狙《ねら》った槍斧《ハルバード》は、刀によって弾かれていた。

しかし、宙に流れると見えたその刃を圧倒的《あっとうてき》な腕力《わんりょく》で引き戻し、リオネラは稲妻《いなずま》のような三連突きを放つ。

マリナの目にはほとんど同時としか見えなかったその攻撃を、しかし、フェリクスは余《よ》裕《ゆう》を持って回避した。

「……まだ話の途中《とちゆう》だったのに、不意打ちとはひどいじゃないですか」

「あっさり対応した人間が何言ってるんだかね」

リオネラは肩をすくめる。

「どうしてあんたが介入してくるかねえ、フェリクス。帝国にも反帝国にも与《くみ》しないと言っていた気がするけど」

「ええ、僕はどの陣営《じんえい》にも属しません。ただ、僕が正しいと思うこと、必要だと思うことを為《な》すだけ」

「昔からそういう子だったね」

「親帝国でも反帝国でも、己《おのれ》の思想を貫《つらぬ》くのは自由ですよ。でも……」

フェリクスの声に苦いものが混じる。

「他人をそそのかして巻きこむということには、賛成できません。あなたに扇動《せんどう》されなければ、殺し合いに身を投じることのなかった人もいるんじゃないですか？」

「あたしの口車に乗せられるような奴は、あたしに出会わなくともいずれ同じような運命を辿っただろうさ」

「だとしても、あなたの責任が消えるわけではないですよ。それに――」

フェリクスはマリナに視線を向けた。

「今、あなたは、身勝手な都合で罪もない少女の命を奪おうとした。これは裁かれるに値するのでは？　先生はもう道を踏み外《はず》しているんです」

「…………」

リオネラは沈黙《ちんもく》した。

「わ、わた、私は……」

「あとは僕の役目だよ。君は仲間と合流して、この場を去るといい。急がないと帝国軍がやってくる」

「でも……」

何か言わなければ、と思ったが、うまく言葉が出てこない。

自分は殺されかけた。それは確かだ。けれど――

「やれやれ。つまりあたしは、あんたにとって殺すに値する敵となったってわけか」

「そうならないといいな、とは思ってたんですけどね」

フェリクスは苦笑した。

「こういう形で対峙《たいじ》した以上、覚悟を決めていましたから」

「覚悟？」

「リオネラさんの回答が許容できないものであった場合、自分の手で始末をつける――そういう覚悟です！」

今度はフェリクスの方から踏み込《こ》む。

しかし、リオネラは槍斧《ハルバード》の柄を操り受け止めた。

剣戟《けんげき》の音が間断なく響《ひび》き渡る、さながら暴風雨のような戦いが始まった。

割って入る隙なんてなかった。

二人は紛《まぎ》れもなく殺意を持ち、相手を殺すために斬撃を繰り出し、本気で刃を打ち合わせていた。

（なんで……こんなことに？）

自分はリオネラに好感を抱《いだ》いていた。

もしかしたらもう関《かか》わることのない相手かもしれないけど、命を浪費《ろうひ》するようなことはしてほしくなくて、最後に一言、自分の想《おも》いを伝えたかった。

裁きだとか、殺し合いだとか、そんなのは全然望んでいなくて――

「誰か……誰か、止めてよ……」

そのとき、部屋の扉《とびら》が激しい音を立てて開かれた。

四章　勇者の帰還

「──何事だよ、これ」

俺《おれ》は思わず眉《まゆ》をひそめた。

なぜここにフェリクスがいて、しかもリオネラと激しく斬《き》り結《むす》んでいる？

一番早く反応したのは、グレーテだった。

「ちょっと、二人ともなにしてんの！」

《氷樹》を振りかざすと、尖った氷の刃が地面を奔《はし》った。

フェリクスとリオネラは共に大きく飛びすさった。

「……グレーテ、君も来てたのか」

「来てたのか、じゃないっての！　何事よ、これ⁉」

「マリナがリオネラさんに殺されかけたから、割って入った」

全員の視線がマリナに向く。

「え、えっと……あの……」

「リオネラさんは帝国の間者だ。最初からここにいる人たちを帝国軍に売り渡すつもりだった。マリナにそれがばれかけたから、襲《おそ》い掛《か》かったんだよ」

「マリナ、本当なの？」

リュリが問いかける。

「…………」

否定はしないんだな。

「……やれやれ、本来はあんたたちに関係のない話だったんだけどね。だから逃がしてやるっていったじゃないか」

「その点については賛成です。僕が始末をつけるので、皆さんは脱出《だっしゅつ》を。――グレーテ、援護《えんご》してあげて」

「ちょ、ちょっと……」

――何なんだ、このカオス極《きわ》まる状況《じょうきょう》は。

「マリナ、行くわよ！」

事情を把握しきったわけではないだろうが、リュリは迅速《じんそく》に決断した。

「…………」

「マリナ！」

しかし、マリナは泣きそうな顔のまま、動こうとしない。

俺たちとしてはさっさとここを離脱《りだつ》できればそれでいいし、その意味でリュリの判断は正しいものではあるが——

「なあ、マリナ、お前はどうしたい？」

俺は尋《たず》ねた。

マリナは意表を突かれたように軽く目を見張り、そして、口を開いた。

「二人を……いえ、この殺し合いを止めたいです！　助けてください！」

……仕方ないか。

このままだと動きそうにないしな、こいつも。

「ミア」

「はい」

「この場を収める。お前に頼《たの》みたいのはニコさんの護衛と、リオネラの無力化。リュリとマリナは預ける。——できるか？」

「ええ、もちろん」

嬉《うれ》しそうな微笑と共に答えが返ってくる。

「お任せください！」

余計なことを聞き返したりせず、腕《うで》が信用できて、決断が早い。

性格や普段《ふだん》の立ち居振る舞いには色々言いたいことはあるけど……今はこいつの存在が本当にありがたいな。

「……お前が居てくれてよかったと思うよ」

「二人っきりのときに、またゆっくり褒《ほ》めてくださいね」

「考えとく。――玖音《くおん》、分断できるよな？」

『はいはーい、いつでもいいよ』

妹にして有能な相棒、聖剣《せいけん》《ユニベル》から返事がある。

フェリクスの神具の解析《かいせき》はできているはずだ。その力を利用させてもらおう。

「やってくれ」

『了解《りょうかい》！』

目の前の景色が揺《ゆ》らぎ――その一瞬《いっしゅん》後、俺、グレーテ、フェリクスの三人は屋外に移動していた。

「え――？」

「これは……《胡蝶》の暴走？　いや、誰かの神具を力か……？」

二人とも戸惑《とまど》っている。

だが、それも一瞬のこと。

砦の近くであることを把握したフェリクスは、すぐに戻《もど》ろうと《胡蝶》を掲げた。

（行かせないっての）

殺し合いを阻止《そし》するのが目的なんだから、もう少し付き合ってもらわないとな。

――と思ったが、俺より先にグレーテが動いていた。

フェリクスに神具を突きつける。

「……どういうつもりだい？」

「あんたがこんなことに関わる必要ある？　クラーナ王国――ネフィのところに行くんじゃなかったの？」

「その通りだよ。何事もなければリオネラさんに力を貸し、見返りとして便宜《べんぎ》をはかってもらって、旅立っていた」

「だったら――」

「でも、見過ごせなかった。……帝都《ていと》で『勇者』の称号《しょうごう》を打診《だしん》されたとき、聞いたんだよ。表からも裏からも帝国の力を盤石《ばんじゃく》なものにしたい、不満分子を法に依《よ》らず『始末』『処理』する方法はいくらでもある、ってね」

フェリクスはため息をついた。

「皆が幸せになってくれるなら、僕は『勇者』の名を継《つ》いでもよかった。でも、そこまでして人の心を管理するのは……よくないと思ったんだ。リオネラさんの、帝国のやり方だと、必ず罪のない人が巻き込まれる」

「だからリオネラさんと戦うの？」

「間違《まちが》いは正されるべきだよ。犯《おか》したのが誰であっても」

「あんたさ……そんなにリオネラさんを殺したいわけ？」

「まさか」

少し悲しそうに苦笑する。

「僕たちの先生だった人なんだから。――でも、誰かがやらなきゃならない。放っておいたら、あの人はこれからも殺し続けるだろうから」

断片的《だんぺんてき》な情報ながら、状況はなんとなく理解できた。

リオネラは反帝国勢力を率いるフリをしながら、実は帝国のいいなりになって汚《よご》れ仕事を引き受けていた。

マリナはたまたま彼女にとって都合悪い情報を知ってしまい、始末されかけた。

そういうことだ。

「あんたが手を汚す必要があるかって言ってんの！」

グレーテは苛立《いらだ》ったように声を上げた。

「あるさ。知ってしまった以上、僕にはその責任が生じる」

「正義の代行者気取り？　あんたそこまで鈍感《どんかん》じゃないでしょ？　どうせ事が終わったら、ずっとずっと引きずるくせに！」

俺はフェリクスという人間を詳しく知っているわけじゃないけど……ある程度、理解することはできる。

このA級冒険者にして次期勇者と評される男は、極めてまっとうな性格をしている。

嬉しいことがあれば人並みに喜ぶし、悲しいことがあれば人並みに傷つく。

普通《ふつう》の感性を持った、普通の人間なのだ。

並の人間とは異なる部分があるとするなら――『こうあるべき』という理想のためであれば、どれだけ傷ついても吐《は》き気《け》を催《もよお》すほど嫌《いや》でも、前に進めてしまうということなのだろう。いつかグレーテが言っていたように。

それは得難《えがた》い資質であり、強さの理想形であるのかもしれない。けど――

「あまり時間はない。帝国軍が迫ってるんだろう？　そちらも僕なら収められる」

聞き分けのない子供に言い聞かせるような口調で、フェリクスは言った。

「僕の肩書《かたがき》と『紅蓮の牙』指導者の死体があれば、『勇者が先んじて討伐《とうばつ》した』というシナリオが成立するんだ。どの陣営からも余計な死者を出さずに済む」

「――あああ、もう！　ぜんっぜんわかってない！」

吠《ほ》えるように怒鳴《どな》って、グレーテは地面を踏み鳴らした。

「だから！　あんたにそんな役目を背負わせたくないんだってば！」

「平行線だね。さて、どうしたものかな……？」

「……力ずくで止める」

グレーテは杖《つえ》を構え直した。

「それから話の続きをする」

「グレーテ、君の力じゃ僕も帝国《ていこく》軍も止められない」

「やってみないとわからないでしょ？」

「いや、わかるよ」

フェリクスは小さく首を横に振《ふ》る。

「長い付き合いだし、お互いの力はよく知ってるんだから。――君には無理だよ」

「………………」

グレーテは唇《くちびる》を噛《か》んで、視線を落とす。

フェリクスの言うことは正しい。

グレーテの強みは遠距離攻撃《えんきょりこうげき》とサポート。

前衛に守られつつ、後方に位置取ってこそ真価を発揮する。

モンスター相手ならともかく、腕利《うでき》きの刀使いと一対一でやり合って優位に立てるような種類のものじゃない。

「言いたいことは後でちゃんと聞く。嫌《きら》ったり縁《えん》を切りたいというなら、受け入れる。だから、今は――」

「…………あんただったら……」

そのとき、ぽつりとグレーテが言葉を発した。

「あんただったら、諦めるの？　どうしてもやらなきゃならないことがあるときに、他人に『無理だ』って言われた程度のことで？」

一瞬、意表を突かれたように目を瞬《まばた》かせ、フェリクスは微笑と苦笑の中間のような表情を浮かべた。

「……そうだね。確かにそうだ」

それで、会話は終わった。

お互い、戦う覚悟《かくご》を固めたということだ。

「――ハルカは下がって。巻き込まれるから」

フェリクスから視線を外さぬまま、グレーテは言った。
忠告には感謝するよ。
でも――俺は決闘《けっとう》の立会人でも見物人でもない。
争いを止めてくれとマリナに頼まれたから、ここにいる。
(……好機だな)
グレーテに言われた通り後ろに下がると見せかけ――無造作に地面を蹴《け》る。
「――――!」
フェリクスの意表を突くことに成功。
そのまま肩口から思い切り体をぶつけた。
「ぐ……」
予想以上の衝撃《しょうげき》だったのか、フェリクスがわずかに声を漏らし体勢を崩《くず》した。
向こうはこっちの力も手の内も知らない。
少なくとも今のところ、こいつにとって俺はギルド職員の一般人《いっぱんじん》だ。
である以上、神具を振るうことはできない。
せいぜいが気絶させるか、少し痛い思いをさせて戦意喪失《そうしつ》させようという程度のはず。
その隙に乗じれば……こちらも神具遣《づか》いであることを隠《かく》したまま、たたき伏《ふ》せて無力化することが十分可能。

それが俺の判断だった。

(――この勢いのまま、接近戦でケリを付ける!)

顎《あご》先を狙って意識を断《た》つ、あるいは組《く》み伏せてしまえばそれで勝ち。

そう思った次の瞬間――白刃《はくじん》が首元に迫っていた。

「な――」

とっさの判断で俺は体を沈《しず》める。

同時に、天地が逆転していた。

(《胡蝶》の能力!)

空間を自在に操るというフェリクスの神具。

俺を対象にし、上下を反転させたわけだ。

地面に片手をつき倒立《とうりつ》の要領で転倒《てんとう》を回避すると、俺はくるりと体を回して再び両足で地面に立った。

「……フェリクスさん」

「はい」

「一般人に神具を向けるのは規定違反《いはん》です。冒険者資格を剥奪《はくだつ》されますよ?」

「でも、あなたは一般人じゃないでしょう？　ハルカさん」

穏《おだ》やかにフェリクスは指摘《してき》した。

「俺は……ただのギルド職員、一般人ですよ」

「そういうごまかしは時間の無駄《むだ》です。実戦経験が豊富、それに神具の遣《つか》い手《て》ですね。こちらの世界にいたときに手に入れたんですか？」

俺は観念して芝居《しばい》を放棄《ほうき》した。

「いつから気付いてた？」

「ニホンでお会いしたときから、何かしら戦闘《せんとう》技術の心得がある人だなとは思っていました。姿勢や歩き方が素人《しろうと》のものじゃなかったので。ただ、神具の方に気付いたのはついさっきですね」

神具の加護を得たものは、大幅《おおはば》に運動能力が向上する。

全力で動けば、もちろん高確率でバレる。

とはいえ、不意を打てばフェリクスが戸惑っているうちに終わらせることができると踏《ふ》んでいたんだけどな。

「ここに飛ばされてきたとき、あなたは動揺《どうよう》していなかった。いくら冷静沈着《ちんちゃく》な人でも不自然です。であれば、あれはあなたの神具の力でしょう」

「……よく見てるな」

どうやら俺の認識は甘《あま》かったらしい。評価を上方修正する。

「僕の《胡蝶》と同じく空間を操作する力ですか？　それともまた別の……？」

「さてな。そう簡単に手の内を明かすわけないだろう」

そこでようやくグレーテが我に返った。

「ち、ちょっと、ハルカ、あなたいったい――」

「決闘に乱入して悪かった」

謝罪の意を込め、小さく片手を挙げる。

「ただ、俺にとっても無関係なことじゃないんだ。少しだけ口出しさせてくれ」

「…………」

グレーテは何か言いかけ、しかし小さく息をついて口を閉じた。

ひとまずこの場を譲《ゆず》ってくれることにしたようだ。

俺はフェリクスに向き直る。

「まず……うちのマリナを助けてくれたことには礼を言うよ、フェリクス」

「僕は僕のなすべきことをやっただけです。礼には及《およ》びません」

「理想のために力を振るえるあんたは、勇者の名にふさわしいと思うよ。俺とは違《ちが》う」

皮肉や当てこすりではなく、本心だった。

俺にはできなかったことだから。

「でもさ……手放しでほめたたえる気にはなれねえんだよな。嫌なことなら、たまには手を抜《ぬ》いたって良いだろ？　辛《つら》いなら助けを求めてもいいだろ？　勇者の名前や責務をあんた一人で背負うことが、そんなに大事なのか？」

「いえ、それは順序が逆ですよ、ハルカさん」

フェリクスは穏やかに否定する。

「一人でやりたいんじゃない。たまたまできるのが僕しかいないという、そういう状況に置かれることが多いんです」

実力も責任感も群を抜いている。

だから一人だけ突出《とっしゅつ》し、周囲の人間は置いて行かれる。

そして救いがたいことに、こいつはそのことをまるで自覚していない。

「……ときどきは、理想より身近な人に視線を向けりゃいいのにな」

おそらく通じないのだろうな、と思いつつ、俺は言った。

案の定、フェリクスは困惑《こんわく》の表情を浮かべている。

「俺は理想も信念も持たない凡人《ぼんじん》だ。大層な地位や役目なんて、絶対背負いたくないと思ってる。けど――身近な誰《だれ》かのためだったら、ちょっとだけ頑張《がんば》れたりするんだ」

それもいいもんだなと、最近やっと思えるようになった。

「マリナの願いは、あんたたちの争いを止めてほしい、だ。俺としても、知り合い同士の殺し合いなんて教育に悪いものを見せたくない。――俺があんたを止める」

「だから、どうしてそんなことをする必要が――」

言いかけて、フェリクスはため息をついた。

「いえ、受け入れてもらえないこともある、ということを、僕は受け入れるべきなんでしょうね。でも、今さら自分は曲げられない」

ゆっくりと刀が持ち上がり、俺に向けられる。

「時間がありません。僕は僕のために押し通ります。苦情は後ほど」

「……あんたの技量は俺が予想していたより、ずっと上だった、さっきは手の内を隠したまま勝とうだなんて舐《な》めた真似《まね》して悪かったな」

そして俺は、おそらくこいつの覚悟をも舐めていたのだろう。

人生をかけて自分を貫き通したいというのならば、俺も覚悟を決めるべきだったのだ。

「今度はきっちり、正面から勝たせてもらう」

俺の手に《ユニベル》が顕現《けんげん》する。

フェリクスの顔から一瞬で表情が消えた。

今この瞬間から、こいつにとって俺は敵になったのだ。

動揺しない。疑問を抱かない。油断しない。

何か思うところがあったとしても、全《すべ》ては戦いに勝利してから。

そういう心のコントロールが自然に身に付いている。

エウフェミアと方向は違うが、こいつもまた天才の部類なんだろう。

俺は《ユニベル》を、フェリクスは《胡蝶》を構え——そして俺たちは、同時に地面を蹴った。

突き、斬り、薙《な》ぎ払《はら》う。

剣閃《けんせん》が交錯《こうさく》し、無数の火花を散らす。

（——くそ！　ムカつくぐらい隙《すき》がないな！）

俺は内心で舌打ちした。

流麗《りゅうれい》かつ繊細《せんさい》な剣筋を基本としながら、しかし機を見て強引《ごういん》で激しい一撃《いちげき》を織り交ぜてくる。

才能に驕《おご》ることなく、日々努力して身に付けたものだ。

同時に繰《く》り出した袈裟《けさ》懸《が》けの一撃が火花を散らして衝突《しょうとつ》し、お互《たが》いの白刃が弾《はじ》かれたところで距離《きょり》を取る。

「……すごいですね。その剣さばきはどこで？」

「こっちの世界にいるときに、ちょっとな」

聖剣《ユニベル》が玖音の姿を借り、ラグナ・ディーンの戦闘技術を俺に伝えたのだ。

神具を得たことで身体能力は向上したが、それだけでは足りなかった。

邪竜《じゃりゅう》を倒《たお》して元の世界に帰るためには必死になり、可能な限りの手を尽《つ》くさなければならなかった。

こいつも……同じくらいの熱量を持って修練を積んできたと考えるべきなんだろうな。

「神具の能力は使わないんですか？」

「そっちだって最初の一回以降、使ってないだろ」

「…………」

フェリクスは小さくため息をつき、ゆっくりと口を開いた。

「リオネラさんは、大勢の人間の命を奪おうとしたんです。あの子――マリナだって、その一人になるところでした」

「……そうだな」

「ここで逃《に》がせば、また同じことを繰り返すかもしれない。そうなったとき、誰が責任を取れますか？」

「あんたにだって、彼女を裁く義務や責任があるわけじゃない」

「そこはまあ、見解の相違《そうい》ですね。――これ以上僕の前に立ちふさがるなら、命がけになりますけど構いませんね？」

「確認《かくにん》の必要があるか？　さっさと全力を出せよ。力を出しきれないまま負けたって納得《なっとく》できねえだろ？」

ブラフを兼《か》ねた挑発《ちょうはつ》である。

本当の意味でこいつを止めたいなら、ただ勝つだけでは不十分だ。

フェリクスは力があるがゆえに自分を曲げない。

だから、本気にさせたうえで己の力の無さを認めさせなければならない。

（さて、どうやるか……）

現在《ユニベル》はその力の大半を二世界の連結――『螺旋行路《スパイラル・パス》』の維持《いじ》に割《さ》いているため、能力の行使に大きな制限がかかっている。

あらゆる情報を食《く》らい、自身に取り込み、自在に作《つく》り替《か》えるというのがその力の本質だが、現在使えるのはシンプルなコピー能力程度のものだ。

（さっき《胡蝶》の力をコピーして転移に使用したから……余力はあまりないよな）

『多分、あと一回』

玖音の声が聞こえた。

出し惜《お》しんでる余裕はないだろう。

「分かりました。いずれにせよ、あなたが相手では、手加減できそうにないですしね。そちらも神具を使ってください」

言葉と同時に殺気が膨《ふく》れ上がった。

先刻より遥《はる》かに鋭《するど》い踏み込み。

俺の首の、左側面を狙って刃《やいば》が奔る。

俺は〝右側〟に《ユニベル》を立て、それを受け止めた。

キィンという甲高《かんだか》い金属音。

空間を操る——つまり、見えた方向から攻撃《こうげき》が来るとは限らないわけだ。

「見事。では、これなら？」

数歩離《はな》れた間合いに居たはずのフェリクスが、一瞬で目の前に現われた。

「——くッ！」

みぞおちに突《つ》き込まれる切っ先、俺は体を捻《ひね》り辛《かろ》うじて回避《かいひ》。

「……本当にすごいですね」

「どうも」

空間操作は応用範囲《はんい》の広い厄介《やっかい》な能力だ。

攻撃にも防御《ぼうぎょ》にも有用。

相手に使っても自身に使っても、戦闘を有利に導ける。

（やりにくいな……）

俺は舌打ちした。

頭を狙ったはずの俺の斬撃が何もない空を切り、足めがけて斬り下ろされた相手の刃は、次の瞬間《しゅんかん》手首を落とす位置に出現する。

まさに変幻自在《へんげんじざい》。

神具の能力を使うには、神具と意思を通わせ具体的なイメージを思《おも》い描《えが》く必要がある。

つまりフェリクスは、俺と戦いながらすさまじい速度で空間操作の設定を組み替え続けているということになるわけだ。

とんでもない技量だが――意識的にコントロールしている能力なら、意識の間隙《かんげき》を突けば無効化できるということでもある。

（方針決めた。頼むぞ、玖音）

胸の中で語りかけ、俺は勝負に出た。

「――おおおおおおおおおおおおおっ！」
全力で攻め立《せ》て、主導権を握《にぎ》る。
幾度《いくど》かその体に剣をかすめさせるものの、フェリクスの防御を崩すには至らない。
俺はフェリクスの刀ごとたたき折るつもりで、渾身《こんしん》の力を込めた一撃を振り下ろした。
手応《てごた》えは――なかった。
俺の刃は、フェリクスの体をすりぬけていた。
乾坤一擲《けんこんいってき》の一手が空振《からぶ》りに終わり、俺に大きな隙ができる。
「ここまでですか」
フェリクスは刺突を繰り出す。
必要最小限のモーション、しかし確実に俺の心臓を貫く一突《ひとつ》き。
「が、は……！」
俺の胸から鮮血《せんけつ》が迸《ほとばし》る。
勝敗はここに決した。
――そう思わせるのがこちらの狙《ねら》いだった。
密着状態、ゼロ距離ゆえ生じた死角から、手首を返して《ユニベル》を叩《たた》き込む。
が――攻撃は空を切った。

フェリクスが即座《そくざ》に自身の体を転移させたのだ。

「……やっぱり、すごいですよ、ハルカさん」

「…………」

――くそ。

簡単に言えば、やられたと見せかけることで油断を誘《さそ》う作戦である。

心臓に突き込まれた刀は、《胡蝶《こちょう》》の能力をコピーして透過《とうか》させていた。

ただしその際、わざと数センチ分だけ刃を受け入れる。

手応えと出血により、仕留めたと誤認《ごにん》させるためだ。

フェリクスなら即座に気付くだろうが、俺が一撃を加えるわずかな時間さえ作れれば、それでいい。

しかし――結果的にはその程度の時間すら稼《かせ》げなかった。

「……いい反応してるな」

賞賛というよりは、半ば負け惜しみだ。

「幾《いく》つかの条件が僕《ぼく》に味方しただけですよ。――あなたの神具の能力は、僕と同じ空間操作か……あるいは神具の能力複写ですよね」

特に勝ち誇《ほこ》るでもなく、フェリクスは淡々《たんたん》と続ける。

「であれば、僕に可能なことは、あなたにも可能だという前提で動かなければならない」

少しくらいは慢心《まんしん》しろよ、優等生が。

「とはいえ、わざと心臓ギリギリの傷を負ってまで僕に隙を作るというのは、想定していませんでした。あなたが最初に神具の力を披露《ひろう》していなければ反応は一瞬遅《いっしゅんおく》れたでしょうし、負けていたのは僕の方だったと思います」

……なるほどな。

こいつの一番の強みは、その観察と分析《ぶんせき》の速度、的確さということか。

原因不明の転移から結論まで辿《たど》り着いたことといい、わざと心臓を突かせた俺の意図を即座に見抜《みぬ》いたことといい、五感の鋭さとそこから得た情報を処理するのが異常に速い。

「通してもらえると嬉しいんですけど……まだ続けますか？」

「…………」

沈黙《ちんもく》を挟《はさ》み……そして俺は、くくくと含《ふく》み笑《わら》いを漏《も》らした。

「まったく……お前たち異世界の人間ってのは、ほんと疫病神《やくびょうがみ》だよな。不幸と面倒《めんどう》ばっかり運んできやがる」

「…………」

フェリクスは眉をひそめ、こちらの意図を測るような視線を向ける。

「知ってるか？　いや知らないだろうな。俺の家族は、日本と異世界が繋《つな》がったあの日に死んだんだ」

「それは……」

「別にお前たちのせいじゃないだろうさ。でも、感情ってやつはままならないもんでね、ときどき恨《うら》みや怒《いか》りが抑《おさ》えられなくなる。——さて、そんな俺が、なんで異世界人に関《かか》わるギルド職員なんかやってると思う？」

俺は唇をゆがめる。

「いつかこうして、お前たちを殺す機会が訪《おとず》れると思ってたからだよ！」

叫《さけ》ぶと同時に、俺は《ユニベル》を後方、グレーテの方へと投げ捨てる。

「————！」

フェリクスが動く。俺も地面を蹴る。そして——

「——がはっ！」

フェリクスの体が吹《ふ》き飛ばされ、大木の幹に打ちつけられ……そして動かなくなった。

「…………ふう」

俺は大きく息を吐《は》き、《ユニベル》を拾い上げた。どうやら賭けに勝ったようだ。

「終わったぞ。さすがに当分起きてこないだろ」

「…………」

グレーテは倒れているフェリクスに歩み寄り、気絶しているだけなのを確認すると俺に向き直った。

「――あなたの正体とか神具とかについては、追及《ついきゅう》しない方がいい感じ？」

「そうしてもらえると助かる」

「そ。……フェリクスは神具をフルに使ったうえで、神具を温存したあなたに及ばなかった。おつかれさま、完勝ね。まさか本当に勝っちゃうとは思わなかった」

「加勢しようとは思わなかったのか？」

「一度実力で負かされないと、こいつは人の話に耳を貸さないでしょ。あなたが負けたら今度こそ私が挑《いど》むつもりだったけど……多分、勝てなかったでしょうね。だから、感謝する。ありがとう」

それはそうと、とグレーテは続ける。

「最後、私を囮《おとり》にした？」

端的《たんてき》に言うとそういうことだった。

フェリクスは俺のひととなりを知らない。

神具の能力についても推測はしていたが、確証を得るには至っていなかっただろう。

そういう人間が、ラグナ・ディーン人〝全員〟についての怨嗟《えんさ》を口にし、能力不明の神具を後方に向けたとしたら、フェリクスは――あの己《おのれ》の信念に忠実な勇者候補は、どう判断するだろう？

もちろん、もう《ユニベル》にほとんど力は残っていない。

ただ、剣を投げる際、俺《おれ》は玖音に『空中で一瞬だけ静止してくれ』と頼んだ。

何の効果もない、ほんのわずかに不自然なだけの動き――しかしそれで十分。

その現象から、そして現在までに把握《はあく》している情報から、フェリクスの極めて優秀《ゆうしゅう》な判断能力はある可能性を弾き出してしまう。

大きくはないとしても、絶対に無視できない可能性を。

「……フェリクスは、私を庇《かば》ったのね。で、あなたはその隙をついた」

「あいつ以外には決して通用しない引っ掛けだったけどな。――つまり、あんたはあいつにとって絶対に守らなければならない存在だったってわけで、俺はそれを利用した」

「…………」

何とも言えない表情で気を失った幼馴染《おさななじ》みを見下ろした後、グレーテはその額にこつんと拳骨《げんこつ》を落とした。

「ほんと、バカなヤツ」

まあ、バカと言えばバカだ。

でも……こいつの芯《しん》になっている部分はきっと死ぬまで変わらないんだろう。

〝勇者〟フェリクスは、おそらく最後の瞬間まで可能な限り誰かを助け、誰かのために力を振るう。

そんな自分自身を肯定《こうてい》し、死ぬまで自分であり続ける。

――ああ、そうだ。俺はフェリクスのことを心のそこから羨《うらや》ましく思っている。

俺も、お前のようになれたらどんなによかっただろうな。

「……騒《さわ》がしくなってきたわね」

グレーテは顔を上げ、砦《とりで》の方に視線を向けた。

のんびりしている余裕《よゆう》はなさそうだ。

すぐにエウフェミアたちと合流しなければ――と思ったとき、悲鳴のような大声が響《ひび》いてきた。

「――て、敵襲《てきしゅう》！　敵襲だ！　帝国軍が到着《とうちゃく》した！」

＊　＊　＊

「――リオネラさん！」

マリナは必死の思いで声を張り上げた。

「お、お願いですから、武器を捨てて降参を――きゃっ!!」

ぶおんという風切り音とともに、髪《かみ》の毛が何本か宙に舞《ま》った。

リオネラは神具をこちらに突きつけたまま、小さく息を吐いた。

「別にあんたのことが憎《にく》いってわけじゃないから、忠告しといてあげる。――戦う意志、殺す意志を持った人間を前にして、言葉が通用すると思わない方がいい」

「で、でも……」

「それとも、ご立派な思想を抱《かか》えたまま、命を落とす方がお望みかい？」

何か反論したかったが、言葉が浮《う》かんでは来なかった。

今の自分には何もかもが足りない。経験も、賢《かしこ》さも、力も。

「――戦えないなら下がってなさい。足手まといだから」

冷徹《れいてつ》な口調でリュリが言い、エウフェミアがのんびりと続けた。

「まあ、そう否定するものでもないですよ。わたしは、そうやって思い悩《なや》むマリナさんが好きです」

「お優《やさ》しいことだ。きっと幸せな環境《かんきょう》で育ったんだろうね」

皮肉っぽく唇を歪《ゆが》めるリオネラ。

「レオニの『殺戮人形《さつりくにんぎょう》』——どうして冒険者《ぼうけんしゃ》なんかに身を落とすことになったんだか」

「育った環境にそれほど不満がなかったのは確かですけど……」

にこりとエウフェミアは笑い、続けた。

「とはいえ、二点ほど否定しておきますね。一点、わたしは冒険者に身を落としたのではなく、望んでこのお仕事をやっています。そしてもう一点、わたしがマリナさんのことを好いているのは——」

笑《え》みが深くなる。

「争いを避《さ》けるという思慮深《しりょぶか》さ、命の取り合いをしたくないという優しさが、わたしの中に存在しないものだからです」

「…………」

何かを感じ取ったのか、リオネラは表情を消した。

「あたしは別にあんたたちの思想にも問答にも興味はないけど……甘い人間が許容されない世界より、逆のがいいに決まってるわね」

それからリュリはマリナに視線を向けた。

「あんたもイヤイヤしてるだけじゃ、何も変わらないわよ。話を聞いてもらえないなら、力尽《ちからず》くで話し合いの場に引きずり出しなさい」

「え――？」

「話をするために強くなって、話をするために戦うの。単に殺し合うよりずっと難しいことだけど」

「あ――」

そうか、とマリナは口の中で呟《つぶや》いた。

戦って、そこで終わりじゃない。自分が強ければ、さらにその先があるのだ。

「ほら！　わかったら、さっさと構えて！」

「ひゃ、ひゃい！」

慌《あわ》てて《青嵐《せいらん》》を握り直す。

「やれやれ、舐められたもんだ」

リオネラは神具を一振《ひとふ》りして、マリナたちを睨《にら》み付けた。

「三人がかりなら、勝てるとでも思ったのかい？　駆《か》け出《だ》しのお嬢《じょう》ちゃんたち」

「いえ。三人がかりではありません」

動じた様子もなく、エウフェミアが返す。

「うちのパーティ、そのあたりの役割分担ははっきりしてまして。面白《おもしろ》そう――じゃなかった、手強《てごわ》そうな相手の場合、最前線に出るのはわたし一人の役目なんですよ」

「それが一番効率的だからね。……少々癪《しゃく》だけど」

「つまり、エウフェミア一人であたしを止められると？」

「そういうことです。──おいで、《慈悲なき収穫者《グリムリーパー》》」

エウフェミアの手に、漆黒《しっこく》の大鎌《おおがま》が出現した。

「き、気をつけてください、ミアさん！　リオネラさんの神具、なんか見えないところから攻撃が来ます！」

「そうなんですか？　なるほど、それはつまり神具が遠隔攻撃《えんかくこうげき》系か、あるいは──」

その言葉を遮《さえぎ》るように、リオネラが槍斧《ハルバード》を一振りした。

エウフェミアは軽《かろ》やかにステップを踏んでかわす。

──かわしたはずだった。

「……あら？」

その肩《かた》が裂《さ》け、鮮血が飛び散った。

「ミアさん！」

「なるほど──確かに見えはしませんでしたね」

動じた様子もなく微笑《ほほえ》むと、エウフェミアは大鎌を構えた。

「うん、悪くないです。では、こちらも返礼といきましょうか」

滑《すべ》るような動きで距離を詰《つ》める。

しかし、その一挙動だけでリオネラの顔色が変わった。

無造作に見えて、仕掛《しか》けるだけの隙がまったく存在しなかったのだ。

「こいつ……」

「お互い長物ですし、間合いはこのくらいでしょうか。――では、行きますよ」

そこからの攻防《こうぼう》は、マリナの目では追えなかった。

目まぐるしく二人の体が交錯し、ただ、刃のぶつかり合う音だけが響き渡《わた》る。

介入《かいにゅう》の余地などまったくない、一対一の攻防。

しかし……時間の経過とともに、均衡《きんこう》が一方に傾《かたむ》き始めた。

「ミ、ミアさん……」

エウフェミアの方にだけ傷がふえていく。

いずれも浅く、致命傷《ちめいしょう》に至るようなものではないが――もはや互角《ごかく》の形勢とは言えなくなっていた。

ひときわ大きな金属音とともに、両者の刃が絡《から》み合う。

「……あんた、歳《とし》は？」

「一六ですよ」

「大したもんだ。フェリクスも天才だったが、あんたは同じ歳だったころのあいつを上回ってる。ただ――」

刃を外して後方に飛びながら、リオネラは槍斧《ハルバード》を一閃《いっせん》させる。

エウフェミアの胸元《むなもと》が切り裂かれた。

「今現在のあたしには及ばない」

「……………」

エウフェミアの表情に動揺はない。

しかし、マリナは我知らず大剣の柄《え》を強く握りしめていた。

マリナの神具、《青嵐》には『概念《がいねん》』を斬《き》る力がある。

神具の力をも対象とする――つまり、神具を封《ふう》じることすら可能な能力だ。

ただしそのためには、『対象の力』を遣い手のマリナがはっきりと認識《にんしき》している必要があった。

今はまだ、条件を満たしていない。

「ど、どうしよう……こ、このままだと、ミアさんが……」

「慌てる必要ないわよ」

マリナとは対照的に、リュリは落ち着き払っていた。

「多分、ここまでは観察してただけ。ミアの奴《やつ》、対応し始めてる」

「え……？」

エウフェミアの腕《うで》に新たな傷が刻まれる。

しかし、今度は同時にリオネラの肩口《かたぐち》からも血が弾けていた。

形勢は均衡状態から、エウフェミアの方に傾きつつある。

「くっ……」

リオネラの声には、わずかに焦《あせ》りが滲《にじ》んでいる。

攻防のたび、少しずつエウフェミアが傷を負う頻度《ひんど》が下がり、逆にリオネラの傷が増えていく。

そして——エウフェミアの一振りが、何かを弾くような音を立てた。

リオネラの見えない攻撃を完全に防いでみせたのだ。

「……なるほど、だいたいわかりました」

エウフェミアは大鎌をくるんと回し、呟いた。

「攻撃を遠くに飛ばしているわけではなく、幻覚《げんかく》を利用している。つまり、リオネラさんの武器は目に見えている形と実体が別なんです」

「……ふん。だとしても、どうなると？　まぐれで一つ二つは弾けても、見えないものを全て見切るなんて不可能な話さね。ほら、こういうのも防げるかい？」

風切り音が三度。

しかし、金属音も同じ回数。

「防げますよ？」

こともなげにエウフェミアは言った。

「見えている形は一定ですが、不可視の実体の方は変形が可能なのですね？　これも刃を交《か》わすうちに把握できました」

「………………」

「自由度はさほどありませんね。斧刃《ふじん》の大小、槍《やり》の柄の長短を自在に変えられる程度でしょうか。大きく変化しないというのは、神具ではない武器で習いおぼえた技術をそのまま適用できるということですから、長所にもなりえますが……」

とはいえ、とエウフェミアは言葉を継《つ》ぐ。

「分かってしまえば対処はそれほど難しくありませんね。見えている槍と斧《おの》、その延長線上のどこかに実体があるというだけの話なのですから」

「……このレベルの相手にそんな真似ができるのは、あんたくらいでしょうよ」

リュリがぼそりと呟いた。

マリナも同感だった。この人の実力の底はどこにあるんだろう。

リオネラは無言のまま、再度攻撃《こうげき》を仕掛けた。

しかし——

「————！」

今度は何かに足を取られたようにつんのめる。

「ともあれ……神具のタネが割れたのなら、取り押《お》さえにかかっても大丈夫《だいじょうぶ》よね」

リュリが《銀の双翼《そうよく》》の力を使ったのだ。

地面に倒れながらも、リオネラは槍斧《ハルバード》をエウフェミアに向けて突き出す。

しかし、今度は防ぐ必要すらなかった。

伸縮《しんしゅく》自在のはずだった不可視の槍は、所有者の意思にまったく反応しなかったのだ。

「……ごめんなさい、リオネラさんの神具の力、斬らせてもらいました。しばらく能力は使えない、はずです」

そしてマリナは言った。

「あの……降参、してください」

「………」

　リオネラの視線がマリナを捉《とら》える。

　逃げ出したくなるのをこらえ、マリナはそれを受け止めた。

　ややあって、リオネラがぽつりと口を開いた。

「いい神具だね、マリナ」

　そして自分の神具を消し、両手を上げる。

「あたしの負けだ」

　決着がついたのだ。

　マリナは大きく息を吐いた。


「……あ、あの、傷、大丈夫ですか？」

「命にかかわるほどじゃないね」

　リオネラは床《ゆか》に座《すわ》り込《こ》んでいる。

　出血は派手で体が重そうだが、急所に届くような傷は確かにない。

　エウフェミアがうまく加減していたのだろうか。

「──わたしはもっとやっても良かったんですけどね」

　エウフェミアは腕組《うでぐ》みしつつ、リオネラを見下ろした。

声に少しだけ不機嫌《ふきげん》そうな響きがある。

「あたしが相手じゃ満足できなかったかい？」

「不完全燃焼《ねんしょう》ですね。だってあなたからは、まるで熱を感じなかったので」

「熱？」

「命を賭《か》けて戦うことは、すなわち己の在り方を表現し、その正しさを証明してみせるということ。だからこそ、わたしは闘争《とうそう》を愛します。でも――」

失望のため息まじりに続ける。

「でも、戦っている間から、あなたは勝つことや生きることに執着《しゅうちゃく》していなかった。喩《たと》えるなら、おいしいお料理が食べられるかなと期待したら、味がまったく付いていなかった、みたいな感じ」

「――なるほどね。その性格、確かにあんたが『レオニの殺戮人形』だ」

「今は一介《いっかい》の駆け出し冒険者ですけどね」

「やれやれ、名前を借りた当の本人が、実はすぐそばにいたとか……ひどい偶然《ぐうぜん》もあったもんだね」

リオネラは気の抜けたような笑みを浮かべ、首を左右に振《ふ》った。

「あの……一つ、教えてもらえませんか、リオネラさん」

「フェリクスさんの言ってたことって、本当なんですか？　帝国《ていこく》の命令に従って皆《みな》を騙《だま》してたって……」

「なんだい、マリナ？」

「掛《か》け値《ね》なしの真実さね」

リオネラは唇《くちびる》を歪めてみせた。

「……あたしの旦那《だんな》と娘《むすめ》を殺したのは、村にやってきた反帝国派の奴らだった。実のところ、活動資金を強制徴収《ちょうしゅう》するような、野盗同然の奴も少なくなくてね」

たまたま彼女《かのじょ》が留守の間に村にやってきた一団は、しばらくのあいだ、村に居《い》座《すわ》ろうと考えた。

そして見せしめとして、幾人《いくにん》かを選んで殺した。

リオネラの家族二人が選ばれた理由は、異世界の――ニホンからやってきた人間とその子供だからというものだった。

「だから、反帝国派を憎んでいたんですか……」

「さて、憎んでいた、のかな？」

淡々とした口調だった。

「とぼけてるわけじゃない。旦那と娘が殺されてから自分の感情がよくわかんなくなってるんだ。奴らが死ぬ度に少しずつ心が晴れるような感覚はあったから、無意味ではなかったのかもしれない。でも今考えると、それすら錯覚《さっかく》に過ぎなかったような気もする」

　そうリオネラは言った。

「こういう場合は口《くち》の端《は》を持ち上げる。こういう場合は眉間《みけん》にしわを寄せる。──今はそういうことを思い出しながら、表情を作ってる。なかなか自然に見えるもんだろ？」

　マリナは言葉を失った。

　何か言わなきゃと思うのに、口が動かなかった。

「……今はそいつより自分たちのことでしょ。帝国軍はどこまで来てるの？　まだ脱出《だっしゅつ》ルートは確保できそうかしらね？」

「包囲されてると思った方が良さそうだな」

　リュリの質問に答えたのは、部屋に入ってきた晴夏《はるか》だった。

　一緒《いっしょ》に居るのは、室外に退避《たいひ》させておいたニコ、そしてグレーテと──あと気絶しているのかぐったりとしたまま晴夏の肩に担《かつ》ぎ上げられているのが一人。

「え？　あの、フェリクスさん？　いったい何が……？」

「話は後だ。……ちょっと探《さぐ》ってみたけど、帝国軍は周辺に兵を展開し終えてる。脱出は簡単じゃなさそうだった」

「日本の警察みたいに、生かしたまま逮捕《たいほ》しようってわけじゃないよね、多分……」

と、不安そうにニコ。

「そりゃ反乱軍を殲滅《せんめつ》するために来てるんだから」

リュリが答えたそのとき、外から大声が聞こえてきた。

「反乱軍は速《すみ》やかに投降せよ！　異国の客人を拐《かどわ》かし、帝国に不利益をもたらそうとしたその罪状は明白である！」

「投降は受け付けてるみたいだし、私たち被害者《ひがいしゃ》ですって言ったら、保護してもらえないのかな？」

「止めた方がいいすね、ニコさん。帝国軍の現状を考えると、ちょっと信用できない」

晴夏が渋《しぶ》い顔で言った。

「俺たちも帝国を混乱させる反乱軍の協力者だ、なんてデマが流れてました。失態をもみ消すため、一緒に消される可能性さえある」

「だったら、強行突破《とっぱ》します？　この顔ぶれなら可能だと思いますけど」

エウフェミアは晴夏に問いかけた。

わくわくしているように見えるのは、気のせいだろうか？

「リスクが高すぎる。犠牲《ぎせい》を覚悟《かくご》しなきゃならないし、こちらから攻撃を仕掛けた時点でもうどんな言い訳も通用しなくなるだろ？　穏便《おんびん》に脱出できれば一番いいんだけど、その隙《すき》があるかどうか――」

晴夏の言葉をかき消すような音量で、さらに声が響いてきた。

「加えて、大恩ある勇者ノイン様の名前を利用し、虚言《きょげん》によって兵を募《つの》ろうとしたということもすでに明らかである！　卑《いや》しき目的のため、偉大《いだい》なる勇者様の名前を利用したことは何よりも許しがたく、もはや慈悲の余地はない！　これ以上の抵抗《ていこう》は、凄惨《せいさん》で苦痛に満ちた死を意味すると知れ！」

「ひ……」

マリナは顔から血の気が引くのを覚えた。

それは――濡《ぬ》れ衣《ぎぬ》でもなんでもなく、確かに自分の所業だった。

リオネラが皮肉っぽく口を開いた。

「討伐《とうばつ》の口実にできそうなことは委細漏らさず報告してあるからね。ニコたちは掠《さら》われた被害者で通るかもしれないけど、マリナは……さて、どうなるかな？」

「わ、わた、私……」

自分なりの考えがあったとはいえ、勇者ノインと知り合いだなんて嘘《うそ》をつき、その名前を利用したのは間違《まちが》いなく自分の罪だ。

『紅蓮《ぐれん》の牙《きば》』の中にも証人が大勢いるし、必ず明るみに出る。言《い》い逃《のが》れの余地はない。

「ど、ど、どうしましょう……」

「……ねえ、ニコ、何とかならないの？」

「日本に戻《もど》ったら、上の人に伝えて交渉《こうしょう》はできると思う。でも――」

「そんな時間はないし、今この場で帝国軍を納得《なっとく》させるのは難しい。そもそも日本とは法も価値観も違《ちが》うしな」

晴夏が苦々しげに言った。

「おや、この子を切り捨てれば一番安全だとは思わないのかい？」

「そんな真似《まね》はしないし、できないよ」

「でも、でもニコさん……私が嘘をついたのは事実ですし、せ、責任は取らないと……」

意図的に騙すつもりで、勇者様の名声を利用した。

それは、許されることではないと思う。

何より……何の罪も犯《おか》していないみんなに迷惑《めいわく》を掛けたくない。

――と、そのとき、押し殺した笑い声が聞こえてきた。

床に座り込んだリオネラが小さく肩を震《ふる》わせていた。

「……何がおかしいのよ」

トゲのある声でリュリが問う。

「――いやなに、一番単純な解決方法があるのに全然触《ふ》れないのは、気付いてないのか、それとも口に出しにくいから避けてるだけなのか、なんて思ってさ」

リオネラは全員の注目が集まったことを確認《かくにん》しゆっくりと口を開いた。

「あたしの首を斬って、あいつらに差し出せばいい。全部あたしの発案ってことにしたうえでね」

「え――」

マリナにとって、それは思考の片隅《かたすみ》にもなかった手段だった。

しかし、まったく驚《おどろ》きを見せていないその場の幾人かにとっては、もしかしたら想定の中にあったのかもしれない。

「ニホンからの客人を護衛していた冒険者が奮起し、反乱軍の首領を討《う》ち取ったって筋書きさ。勝利が約束されているとはいえ、突入《とつにゅう》、戦闘《せんとう》となればあっちにだって犠牲者《ぎせいしゃ》が出る。それに、どのみちあたしは近々用済みとして始末される運命だ。帝国もそれ以上、追及してこないさ。このやり方が誰《だれ》にとっても一番面倒なくことが収まる」

「そ、そんな……それじゃ、リオネラさん一人が……」

「あたしの死は最初から織《お》り込まれてるんだよ、どんな結末になろうとね」

くくっと笑いを漏らすと、リオネラはマリナにまっすぐ視線を向けた。

「……フェリクスの言うように、あたしは確かに帝国の内通者だ。でも、あんたの言ってることだって的を射ていたんだよ。何のことはない、あたしは、からっぽの死にたがりだった」

「リオネラさん……」

「迷惑代として、首はくれてやるよ。あたしにとっては価値のないもんだし、有効に使うといい」

「いらないし、できないですよ、そんなこと！」

「であれば、マリナさんの代わりにわたしがやりましょうか？」

エウフェミアが進み出た。

「ほ、本気ですか、ミアさん⁉」

「落としどころとしては、妥当《だとう》だと思いますよ。犠牲になるのが生きる意思を無くした人間であれば、なおさらね。――どうですか、ハルカさん？　どう思います？」

「そこで俺に振るのかよ」

晴夏は渋い顔を作った。

否定も肯定もせずしばらく考え、大きくため息をつく。

「……そうなんだよな、始末のつけ方としちゃ間違ってない。こっちの世界で荒事《あらごと》の中に身を置いてる人間がそういう思考になるのはわかる」

でも、と晴夏は続けた。

「俺はマリナ支持だ。死ぬだの殺すだのって結末は避けたい」

「ハルカさん……」

「理由は？」

否定されたにもかかわらず、エウフェミアはどこか楽しそうに尋《たず》ねた。

「……別にご立派な理念があるわけじゃないさ」

言葉を選ぶようにゆっくりと、晴夏は言う。

「ただ……今、この瞬間《しゅんかん》は何もかもが無意味に感じられても、生きていれば考えの変わることがある。他の選択肢《せんたくし》がないと思っていても、生きていれば他の道が見えてきたりする。人は変わる。俺は、自分の経験としてそれを知ってるから、安易な幕引きには賛成したくない」

この世界と日本が繋がった『大接続』のとき、晴夏は巻き込まれて家族を亡《な》くしたと聞いたことがある。

マリナには想像することしかできないけど、きっと彼《かれ》にも色々あったのだろう。

「でも……だとしたら、どうするんですか？　やっぱり、私が出て行って自分のやったことの責任をとる必要があるんじゃ……」

「あなたの責任というのは？」

エウフェミアが問いかける。

「それは……嘘をついたことに対してのものです。この世界を救ってくださった勇者様と、私なんかが知り合いだなんて……きっと、勇者様が聞いたら嫌《いや》な気分になるかと……」

「なるほど、確かにそうかもしれませんね。通常、その種の嘘は不快なものです。——それが嘘であれば、の話ですが」

エウフェミアの言うとおりだ、とうなだれ、そしてふとマリナは首を傾《かし》げる。

最後の一言はどういう意味なのだろう？

「さて、困りましたね。いずれにしても、事を収めるためには誰かが決断をしなければならないわけですが……ね、ハルカさん？」

「…………」

晴夏はなぜか恨みがましそうな視線をエウフェミアに向けた。

——なぜだか、何となく、この二人には自分の知らない繋がりがあるような気がする。

そう、まるで晴夏の秘密をエウフェミアが握《にぎ》っているような。

「…………手はある」

長い沈黙《ちんもく》を挟《はさ》み、やがて晴夏はどこか観念したような口調で言った。

「あるの⁉」

「あ、あの、ハルカさん、それはどういう……？」

問いかけるリュリとマリナを手で制し、晴夏は窓に向かって歩き出した。

「ちょっと話をつけてくる。みんなはここで待っててくれ」

「え？　晴夏くん、ここ三階――」

ニコの言葉を意に介《かい》した様子もなく、晴夏は外へと身を躍《おど》らせた。

慌てて窓に駆け寄ったマリナの目に、何ごともなかったかのように歩いていく後ろ姿が映る。

「……ああ、やっぱり、そういうことなんだ」

気絶しているフェリクスを介抱《かいほう》していたグレーテが、ぽつりと呟いた。

「ええ、そういうことなんです」

エウフェミアは満面の笑みを浮かべ、

「わたしもお供してきますね！」

そう言って晴夏の後を追った。

＊＊＊

「……エウフェミア、お前、こうなるよう話題を誘導《ゆうどう》しただろ」

俺は苦々しい思いをこめて、言う。

「恨《うら》んでいいか？」

「ええ、どうぞ。ハルカさんから向けられる感情なら、どのような種類のものであっても嬉《うれ》しいですから」

動じた様子もなく、エウフェミアは微笑んだ。

「わたしが思うに——ハルカさんはちゃんと勇者を名乗るべきなのですよ。あなたに救われ憧《あこが》れる者たちのためにも」

「お前なあ——」

反論しようと彼女の方に視線を向けたが、思いのほか真剣《しんけん》なまなざしに直面し、何も言えなくなった。

「それに、わたしは背中を押しただけです。わたしがいなくとも、ハルカさんはこの選択《せんたく》をしたんじゃないですか？」

否定はできなかった。

「………………」

……ああ、そうだな。

今でなくとも、いずれ向き合わなければいけなかった問題だ。

俺の過去を、俺自身が受け入れること。

「──そこで止まれ！」

怒鳴《どな》り声が飛んできた。

前方で帝国軍の兵士が隊列を組んで構えている。

「貴様が反乱軍の首魁《しゅかい》か？　降伏《こうふく》しに来たと？」

隊長らしき男が問いかけてくる。

「どちらも外れだ」

俺は答えた。

「『紅蓮の牙』のリーダーは、今ちょっと動けないんでね。俺が来たのは、対等な交渉に臨《のぞ》むためだよ」

「対等だと？　帝国に弓引く賊《ぞく》どもと交渉する余地などあるかッ！」

「と言っても、まだ一戦も交えてないだろ？　何をもって反逆軍と決めたんだ？」

「そ、それは……そう！　大恩ある勇者ノイン様の名を利用し虚言で兵力を集め――」

「つまり嘘をついたってことか」

「ただの嘘ではない！　『賊軍《ぞくぐん》に力を貸そうとしている』などという根も葉もないでまかせ、これは勇者ノイン様に対し許されぬ冒涜《ぼうとく》！　かのお方の名誉《めいよ》を踏《ふ》みにじるに等しいわ言ではないか！」

ああ、そういう解釈《かいしゃく》になるのか。

そうだな、実際にマリナは嘘をついたつもりだったんだし、この世界での勇者の名前は俺《おれ》が想定していたより遥《はる》かに重くなっているし。

うん、言葉のやりとりじゃ埒《らち》が明かなそうだな。

「顕現《けんげん》しろ」

そう口にすると、俺の手に聖剣《せいけん》が現れた。

「し、神具⁉」

兵士たちの間に動揺《どうよう》と緊張《きんちょう》が走った。

幾人かは武器に手を掛けている。

「静まりなさい！」

そのとき、澄《す》んだ声が響き渡った。

エウフェミアが右手を掲《かか》げる。

その手の中にゆっくりと巨大《きょだい》な鎌が実体化する。

「わたしの名はエウフェミア。レオニ公国の公女にして、神具《慈悲なき収穫者《グリムリーパー》》に選ばれし遣《つか》い手《て》」

兵士たちはその整った顔と神託《しんたく》を告げる巫女《みこ》のような語り口に引き込まれている。

十分に注目が集まったのを確認し、エウフェミアは続けた。

「ゆえあって、現在この方の従者を務めております」

……従者にした覚えはないけどな。

「今この方が名乗ったところで、あなたたちが信じることは到底《とうてい》無理でしょう。ですから、まずは聖剣の姿と力を、刮目《かつもく》してその目に焼き付けなさい」

そして俺に視線を送り、小さく微笑む。

(……まったく)

ぶっ飛んだ人間性してるわりに、何を言えば人を動かせるか、どう振る舞えば効果的か、ちゃんと理解してるんだよな。

ああ、認めるよ。お前は俺の背中を押してくれた。

『世界接続を一時的に解除、本体に力を回した。いつでも行けるよ、お兄ちゃん』

頭の中に玖音の声が響《ひび》く。ありがと、ご苦労さん。

俺は大きく息を吸《す》い込み、声を張り上げた。

「その力を見せろ、《合一せしもの《ユニベルシタス》》！」

剣《けん》を振る。

轟音《ごうおん》とともに大地が裂け、土と岩が吹《ふ》き上がる。

長い時間をかけて地響《じひび》きと土煙《つちけむり》が収まったとき……俺たちと帝国軍の間には、底の見えない巨大な裂《さ》け目《め》が刻まれていた。

「な……あ……」

眼前の出来事が受けいれられないのか、隊長がぽかんと口を開けている。

兵士たちは身じろぎ一つできず、突《つ》っ立っている。

「──俺の存在を、嘘、でまかせ、たわ言と言ったか？」

隊長はひ、と小さな声を上げ、尻餅《しりもち》をついた。

「俺は帝国と皇帝《こうてい》を正すため、再びこの世界に舞《ま》い戻ってきた」

志が高いわけではない。

意志が強いわけでもない。

人格が優《すぐ》れているわけではない。

高みを目指す意欲があるわけでもない。

勇者と呼ばれる理由は、聖剣《ユニベル》に適合したから。

ただそれだけ。

でも――ああそうだ、俺が勇者になったことには、確かに意味があった。

だとしたら、名乗らなければならない。

俺は、邪竜《じゃりゅう》を倒《たお》したあの日以来、初めて自分の意志をのせその名を口にする。

「我《わ》が名は勇者ノイン！　なお虚言と疑う者は前に出ろ!!」

答える者はなかった。

兵士たちは唖然《あぜん》としたまま立ち尽《つ》くしている。

「――勇者はこの世界の恩人なんだったな。なら、その恩人を前にして、無言のまま突っ立ってるのがお前たちの敬意の表し方なのか？」

「…………」

俺の言葉に圧《お》されたように、ようやく彼らは動き出した。

まず顔を真っ青にした隊長が、そして兵士たちが次々に膝《ひざ》を折り頭《こうべ》を垂れた。

（――ああ、これで一段落か）

俺は小さく息を吐《は》く。

ひとまずはここしばらくのゴタゴタに片がついた。

あとは――砦《とりで》からこの様子を見ているであろうニコさんたちに、どう説明するかだ。

エウフェミアは妙《みょう》に楽しそうな、そして慈《いつく》しむような笑顔《えがお》で、俺を見ていた。

エピローグ

あてがわれた宿には、大きなバルコニーがあった。

夜空を見上げると、綺麗《きれい》な星が視界いっぱいに拡《ひろ》がっている。

「——ようやく一息つけるね」

隣《となり》に実体化した玖音《くおん》はそう言って微笑《ほほえ》んだ。

「宿は豪華《ごうか》だし、部屋も広い。ベッドもふかふかだったよ」

「別に贅沢《ぜいたく》は求めてないんだけどな」

まあ、金を出すのは帝国だから、俺の懐《ふところ》は痛まないが。

少なくとも俺たちの周辺に関しては、状況《じょうきょう》が一気に改善されていた。

これまでにさんざん勇者の威光《いこう》を利用してきた手前、帝国軍は俺たちを丁重《ていちょう》に扱《あつか》わざるをえなくなったのだ。

この点に関しては、エウフェミアの存在も大きく寄与《きよ》していた。

公女という立場ももちろん影響《えいきょう》を与《あた》えたのだろうが、こいつは人を威圧《いあつ》し要求を呑《の》ませるのがなぜか妙に上手《うま》い。

ともあれ、現在の一行は帝都《ていと》までの不自由のない旅路を約束された身となった。

一方で、俺が実は勇者ノインであることは、同行している他のメンバーにも明らかになった。

その事実を受け入れるのにもっとも時間が掛かったのは、マリナだった。

俺の顔を見る度《たび》にどう呼ぶべきか、どんな口調で話すべきか悩《なや》み倒し、そして結局結論を出せず走って逃《に》げ去るという状態がしばらく続き、ようやく会話が成立するようになったのはつい先日のことである。

「えっと、あの、やっぱりノイン様って呼んだ方がいいんですか……？」

臆病《おくびょう》な草食動物のように大きな体を縮めながら、マリナは尋ねた。

「あ、これまで通りがいい？　じ、じゃあ、そうします」

「いつまでビクビクしてんのよ」

居合わせたリュリがため息混じりで言った。

「あんたの嘘は実は嘘じゃなかったの。勇者本人に勇者のニセモノを演じさせてたの。結果的に誰も騙してないいんだから、問題ないじゃない」

「ほんとに、何やってたんでしょうね、私……。あの、ハルカさん、ホントに怒《おこ》ってないですか？」

「怒ってないって何度も言われてるでしょ。いい加減受け入れなさいよ」

「そんな簡単に割り切れないですよう……。リュリさんはいいですよね。大好きで憧れてる人が身近にいたんですから」

「だ、大好きだなんて言った覚えはないんだけど!? ただその、あたしの人生と価値観に大きな影響を与えて、憧れ——いいえ、少しばかり意識する存在で、いずれ一目会えたら、みたいなことを考えてただけで……」

リュリは自分を落ち着かせるように大きく息をついた。

「……別にあんたの正体が勇者ノインだからといって、別に何が変わるわけでもないわよ。その、もし、わかりやすく尊敬して欲《ほ》しい崇拝《すうはい》して欲しいってんなら、してあげてもいいけど。それだけの功績はあるんだし。でも、そんなことは望んでないのよね？」

なぜそう思う？　と問うと、リュリは小さく鼻を鳴らした。

「勇者の名前はあんたにとって無条件で誇《ほこ》れるようなものじゃないってことは、見ていて

わかったから。あたしの意思じゃなく、あなたの意思を尊重するのが敬意ってもんでしょ？　違う？」

「リュリさん、ハルカさんのことをすごく想《おも》ってるんですね……」

リュリは少し顔を赤くしながら、うるさいなあ！と声を上げた。


ニコさんは、すごいねえ、有名人だねえ、とひとしきり感心し、

「おかげで、こちらにもう少し長く留《とど》まれそうなのは嬉しいかな」

と呑気《のんき》な口調で言った。

まあ、この人はこういう人だったな。


フェリクスとグレーテのコンビは、あまり驚きを見せなかった。

「――いや、十分驚いてるけど。世の中狭《せま》いよね」

そう言ってグレーテは肩をすくめた。

「なんにしても、世話になったからお礼は言っとく。勇者ノインにではなく、〝九住晴夏《くずみはるか》〟に対してね」

フェリクスは爽《さわ》やかな顔で握手《あくしゅ》を求めた後、こう言った。

「あなたのおかげで、自分がまだまだ未熟だということを知りました。分不相応な信条を掲げているようでは、確かにグレーテに怒られても仕方ないですね」

自分を殴《なぐ》り倒した相手に、よくここまでにこやかに接することができるものだと思う。

「ともあれ、ずっと目標にしていましたから、手合わせできたことは光栄です。心残りなのは、あなたと、かの神具《ユニベル》の力の全《すべ》てを引き出すことができなかったことですね」

だからもっと努力して自分を高めます、とフェリクスは宣言した。

「次こそは、たとえあなたが目の前に立ちふさがったとしても、自分を通せるように」

やや方向性は違うとしても、やはりこの男はエウフェミアと同類の人種だ。

隣でグレーテがため息をこらえる表情をしていた。

なお、リオネラの身柄《みがら》は、フェリクスとグレーテに預けることとなった。

別に彼女を免罪《めんざい》しようと思ったわけではない。

帝国の走狗《そうく》としてその策謀《さくぼう》に関《かか》わった以上、俺たちを利する証人として貴重な存在なのである。帝国軍に引き渡《わた》すと、本人の言うとおり秘密裏《ひみつり》に消されるだけだろう。

フェリクスたちはエルフの国――ネフィのもとに向かうということだった。

かつて彼女たちが日本で起こした事件については俺の知る限りのことを教えたが、直接話を聞いた上で自分たちの立ち位置を定めるつもりなのだろう。

彼らの出立前に、マリナはリオネラと会話する機会を持てたらしい。

具体的に何を話したのかは知らないが、一区切りついたような顔をしていた。

「……周りの人がお兄ちゃんを見る目、そんなに変わってはないんじゃない？」

「そうだな」

人間関係に大きな変化はない。

どこかほっとした気持ちがあるのは否《いな》めなかった。

「結局のところ、ハルカさんはハルカさんですから」

背後から声が聞こえ、視線を向ける。

ゆっくりと歩いてくるエウフェミアの姿があった。

わ、と声を上げて玖音は姿を消す。

「……おや、二人っきりになれるよう、気を遣っていただいたのでしょうか？」

単にお前が苦手なんだと思うぞ。

伝説の神具ってことで、やたら触《さわ》ったり抱《だ》きしめたりしたがるから。

俺の方は都合良く雲隠《くもがく》れなんて芸当はできないから、相手にせざるをえない。

「俺は俺、ね。その割にお前は俺がノインだと知って、目を輝《かがや》かせてなかったか？」

「正しくは、ハルカさんが強いとわかったからですよ。わたしにとってはそれこそが大事なのであって、名前がハルカでもノインでも大した違いはありません」

他の人にとっても――とエウフェミアは続けた。

「過去に何があったからといって、ハルカさんが別人に変わるわけではないですから。接し方が変わらないというのは、皆があなたといい時間を過ごし、いい思い出を培《つちか》ってきたということです」

逆に九住晴夏という人間を知らない者からすると、俺は勇者ノイン以外の何者でも無いということになるな。気が重い。

「むしろ、一番変わったのはハルカさんなんですよ。自身で勇者を名乗る覚悟を固めたというのは、大きな変化ではないですか？」

「状況的《じょうきょうてき》に、他に手がなかっただけだよ」

「ええ、そうですね」

エウフェミアはにこりと笑った。

「いずれにせよ後戻《あともど》りはできなくなりましたから、これからが大変かと。むろん、わたしは最後まで全力でお供しますよ」

勇者ノインの名声は帝国に利用され、その専横を招き——結果的に多くの人間の運命を狂《くる》わせた。

俺はその名を俺だけのものとして取り戻さなければならない。

それはそれとして——

「……嬉しそうだよな、お前」

帝国を正すというのは自分で決めたことだし、元はといえば俺自身の負債《ふさい》なのだから別に後悔《こうかい》はしていない。

が、どうもエウフェミアの敷《し》いたレールに乗せられたようで、皮肉の一つも言いたい気分にはなる。

「勇者様のお力になれるのは、常に喜びですとも。レオニ公国も、もちろん勇者様のお味方ですよ。より強固な縁《えん》を結べば、さらに強力な支援《しえん》もお約束できます」

「より強固な縁？」

「婚姻《こんいん》です」

「……婚姻」

しばらく考え、俺はその発言を冗談《じょうだん》だと解釈することにした。

本当に上機嫌《じょうきげん》——というか、浮《う》かれてるくらいのテンションだな、こいつ。

「それはさておき……ま、協力には感謝しておくさ。どうせ今後も穏便に済むはずもないしな。お前の腕《うで》を振《ふ》るう機会だってあるだろう」

「もちろんそれは楽しみにしています」

「さしあたっては……皇帝が会談に応じるかどうかだな。向こうの出方次第《しだい》で、こっちの対応も変わる」

証人として、先日日本で事件を起こしたうちの一人――テオの身柄を要求する。強攻策《きょうこうさく》になるか、穏当な道を選ぶことになるかは、状況次第《じょうきょうしだい》だろう。

「今度こそ俺は、最後まで勇者を務め上げる」

そうしなければならない。

エウフェミアは俺の顔をじっと見つめ、微笑んだ。

「さて、ではわたしもそろそろ部屋に戻りますね」

「あん？」

意外だった。

寝《ね》る前に手合わせしろとでも言うと思ったんだが。

「あら、残念ですか？」

「別に残念じゃない」

エウフェミアはくすくすと笑った。

「一勝負するのも魅力的《みりょくてき》ですけどね。今は少しいい気分なので、このままいい夢を見られそうかなと思って」

今日のこいつ、ほんとに楽しそうだな。

どうせ、これから何度も何度も起こるであろう戦闘のことに、思いを馳《は》せたりしてるんだろうけど。

「それでは、おやすみなさい」

——と、数歩進んだところでエウフェミアはくるりとこちらを向いた。

「あ、最後に一つだけ言っておきますね」

「何だよ？」

「わたしは——ずっとずっと思っていたんです。あなたに自分を恥《は》じて欲しくないって。自分のこと、自分のしたことを誇れるようになって欲しいって」

「…………」

「自身では否定してましたけど、ハルカさんはすごいことをやったのですから」

嬉しそうな、しかし普段《ふだん》の戦意に高揚《こうよう》したようなものではなく、むしろ優《やさ》しげな表情と穏《おだ》やかな声でエウフェミアは言った。

「今、わたしが喜んでいるように見えるとしたら、それは、あなたが前に進めたのがはっきりとわかったからです。わたしはその決意を肯定《こうてい》し、その強さを愛します」

ではまた明日、と言い、ふわりとした笑《え》みを浮かべてきびすを返すと、エウフェミアは屋内へと姿を消した。

俺はその背中を見送ったまま、しばらくそのまま動けずにいた。

「……なんだ、あいつは」

単に意表を突かれた——というのとも、少し違うか。

「考えてみると、〝九住晴夏〟にそういうことを言われたのは、初めてだったな……」

胸の奥《おく》に柔《やわ》らかい、温かい何かが生まれている。

俺はさらに深くこの感情の正体を追求しようとし——そして、止《や》めた。

俺の目的はまだ何も果たされておらず、気にすべきことは他にも無数にあるのだ。

「……そろそろ俺も寝るか」

また胃の痛くなる日々が始まる。

であれば、休息はしっかり取るべきだ。

それに、エウフェミアの言葉を借りるなら——いい気分のときはきっといい夢が見られるだろうしな。

あとがき

どうも、すえばしです。

元世界最強な公務員2巻をお届けいたします。

えー……1巻から実に二年半ぶりの続刊となります。

お待たせして大変申し訳ありませんでした。

いや、昔から決して速筆ではなかったのですが、さすがにここまで間が空くのは初めてのことですね……

幾つかの事情、要因、不運が重なった結果とはいえ、当然ながら著者である私の責めに帰すべきところは大であり、辛抱強く待ち続け、手に取っていただいた読者の皆様には、どれだけ感謝してもしきれません。

楽しんでいただければ幸いです。

前巻は主に日本を舞台にしたお話でしたが、今回、晴夏たちは異世界に渡り、そこでトラブルに巻き込まれることになります。

物語のマイルストーンとして当初から予定していたエピソードなのですが、一方で日本でのヒロインたちの日常をもう少し描きたかったなあという思いもありまして、そのあたりには少々心残りを覚えたりも。

いつか世に出す機会があればいいのですけどね。

さて、少々余談を。

この本はＨＪ文庫の二〇二三年七月刊行。そして、ちょうど一五年前、二〇〇八年七月は同じくＨＪ文庫から「スクランブル・ウィザード」が発売された、つまり私がラノベ作家としてデビューした月にあたります。

作家年齢、一五歳。

高校生の頃に私の作品を読んでくれた人が三〇歳前後になっていたりするわけで、そう考えると結構長く続けてきたもんだなという気分になりますね。

当時書いたあとがきなどを読み直してみたのですが、デビューの喜びとか未来への不安とかが綴られてて、まー初々しいです新人作家のすえばし君。

あれから想像以上に嬉しいことも想像以上に辛いことや悔しいことも経験し、また、ラノベ界隈の流行も出版業界のシステムも、大きく変化しました。

筆の遅さだけはあんまり変わっていませんが、読者や出版社の皆様のおかげで今もどうにかこうにか作家業を続けられています。

次の節目を迎えられるよう、また少しずつ頑張っていこうかと。

HJ文庫の担当様、今回も素敵なイラストを描いて下さったキッカイキ様、デザイン、印刷、取次、および書店の皆様、その他出版流通に関わる全ての方々に厚く御礼申し上げます。

それでは、また。

二〇二三年六月　　すえばしけん

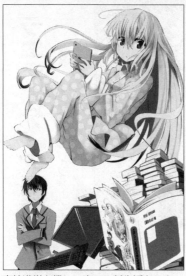

HJ文庫
1083
https://firecross.jp/

元世界最強な公務員
2.帰還勇者、新人冒険者と一緒に異世界を再訪することになりました

2023年7月1日　初版発行

著者――すえばしけん

発行者―松下大介
発行所―株式会社ホビージャパン

〒151-0053
東京都渋谷区代々木2-15-8
電話　03(5304)7604（編集）
　　　03(5304)9112（営業）

印刷所――大日本印刷株式会社
装丁――木村デザイン・ラボ／株式会社エストール

Printed in Japan
ISBN978-4-7986-2534-8　C0193